코로나19 이후 스포츠

이학준

코로나19 이후 스포츠

발　행 | 2020년 07월 16일
저　자 | 이학준
펴낸이 | 한건희
펴낸곳 | 주식회사 부크크
출판사등록 | 2014.07.15.(제2014-16호)
주　소 | 서울특별시 금천구 가산디지털1호 119 나 SK트윈타워 A동 305호
전　화 | (070) 4085-7599
이메일 | info@bookk.co.kr

ISBN | 979-11-372-1203-9

www.bookk.co.kr

머리말

코로나19는 처음 만나는 바이러스 감염증이다. 지금까지 경험하진 못했던 신종 바이러스이다. 박쥐에서 감염이 시작되었다고 하지만 정확한 발원이 어디에서 시작되었는지를 알 수가 없다. 코로나19는 정치, 경제, 사회, 문화, 스포츠 등에 변화를 주었다. 대표적인 문화가 사회적 거리 두기와 비대면 문화이다. 집에서 모든 일을 해결하는 문화가 일상 문화로 자리 잡았다.

사회적 거리 두기로 우리의 일상 문화는 많이 변화하였다. 대중교통 지하철만 해도 2월 초까지는 지옥철이라고 할 정도로 지하철은

만원이었다. 하지만 4월 지하철은 사회적 거리
두기로 사람들 사이의 간격을 두고 탐승객 숫
자가 많지 않은 모습을 볼 수 있다. KTX나
SRT도 사정은 다르지 않다. 4월 이전까지는
승객이 많았지만, 이후에는 빈칸이 존재할 정
도로 승객이 없었다. 그 이유는 코로나19의 감
염 확산 위험이 컸고 사람들이 대중교통 이용
을 피했기 때문이다.

　수출로 먹고사는 우리나라는 수출 길이 막
혀 경제적 어려움을 경험해야 했다. 다행스럽
게도, 방역용품 수출이 늘어났다. 특히 우리나
라는 K-방역이라고 할 정도로 방역시스템을
잘 구축되어 있다. 한국산 코로나19 진단 장비
는 빠르게 검사하고 결과를 알 수 있으며 세
계 여러 국가로부터 인정받는 방역용품이다.
우리나라는 세계 여러 나라에서 방역용품 수
출을 요청하는 가운데 한국전쟁 참전국과 우
방 순으로 마스크와 방역물품을 수출하거나

지원하고 있다.

심지어 한국의 방역물품을 빠르게 사기 위하여 비용을 들여 항공기를 띄어 한국 교민들의 귀국을 도왔다. 그들이 사용한 비행기에 방역물품을 싣고 돌아가는 모습을 볼 수 있었다. 방역 모범 국가로 대한민국은 인정을 받고 자문을 부탁하는 나라들이 많아졌다. 우리의 방역 체계를 처음에는 비난하던 국가들도 한국의 방역 체계를 배우기 위해서 화상 회의와 한국을 직접 찾아와 배우기를 요청하였다.

세계 각국은 이웃 국가 사이의 왕래를 금지하였다. 그 결과 우리나라는 관광업과 항공업 등의 피해를 가져왔다. 세계 각국은 바이러스 감염을 차단하기 위하여 문을 잠그고 외국인의 입국을 막았다. 그 결과 내수시장이 어려움을 직면하게 되었다. 사람들은 거리 두기를 실천하였고, 감염이 두려워 외출하지 않았다. 그 여파로 문을 닫는 가계들이 속출하였다.

코로나19는 스포츠에 여러 가지 변화를 가져왔다. 프로리그가 중단됐고, 후에 무관중 프로리그가 시작되었다. 관중 없이 경기한다는 것은 선수들에게 힘 빠지는 일이다. 그런데도 경기는 지속되었다. 다른 나라보다 일찍 프로리그를 시작한 덕에 K-리그는 세계 37개국에 콘텐츠를 수출하였고, KBO-리그는 미국 등에 수출되어 K-스포츠의 위력을 보여주었다.

이 책은 코로나19 이후의 스포츠의 방향을 알아보기 위한 것이다. 우선, 코로나19와 한국, 스포츠의 관계에 대하여 알아보았다. 그리고 방법은 개인윤리 차원에서 성찰적 읽기와 사회윤리 차원에서 비판적 읽기를 사용하였다. 코로나19 시대 스포츠의 문제에 대하여 알아보고, 처방책으로 대안을 제안하였다.

코로나19 이전과 이후는 차이가 있다. 다시는 코로나19 이전에 돌아갈 수 없다. 경제, 사회, 문화, 스포츠 등 많은 곳에서 변화가 일어났다. 사회적 거리 두기로 집에서 모든 문제를 해결하는 문화가 자리 잡았다. 모든 것이 비대면으로 처리하는 사회가 되었다. 따라서 코로나19 이후의 삶과 스포츠의 방향을 알아보는 것이 지금 여기서 글쓴이가 할 수 있는 일이다. 위기가 기회라는 말이 있다. 지금의 위기는 어떻게 보면 우리에게 기회이다.

따라서 글쓴이는 코로나19 이후의 스포츠의 방향을 알아보았다. 어떻게 보면 지극히 주관적이지만 그래도 스포츠철학자가 볼 수 있는 혜안을 살려서 어떻게 스포츠 분야에서 코로나19를 극복하여야 하는가를 탐구하였다. 작은 생각 하나가 모여 큰 생각이 되고, 큰 생각이 세상을 바꾸고, 우리 삶도 바꿀 수 있다.

스포츠산업, 체육, 프로스포츠 등에 직간접적으로 참여하고 있는 모든 분에게 제기할 수 있는 문제가 있다. 그것은 코로나19 이후의 스포츠는 어떻게 변화할 것인가이다. 이것에 대한 숙고적 사유가 필요하다.

2020년 7월

이학준

제1장. 서론

1. 코로나19와 한국

우리는 지금까지 경험하지 못한 코로나19와 싸우고 있다. 싸운다는 것은 지지 않으려는 일종의 몸부림이다. 싸움에서 승리하기 위해서 우리에게 필요한 것은 먼저 적을 알아야 하고 그다음 나를 알아야 한다. 그래야 위태롭지 않다. 코로나19의 정체는 밝혀지고 있지만, 그것을 박멸하기는 어려워 보인다. 코로나19는 바이러스 자체가 생존하기 위해서 무증상으로 감염을 확산하고 있다. 현재 줄어들고 사라질 것만 같았던 코로나19는 지금도 하루 50명 내외의 확진자가 발생하고 있다. 50명은 해외입국자와 내국인 확진자를 합한 숫자이다.

코로나19를 예방하거나 확산 방지를 위해서 국가 차원에서 비대면과 사회적 거리 두기, 마스크 쓰기, 손 세척 등을 권장하고 있다. 특히, 정부와 국민의 노력으로 마스크 쓰는 것은 이제 어색하지 않게 되었다. 심지어 마스크를 쓰지 않는 것이 이제 어색할 정도이다. 감염은 침방울을 통해서 감염된다. 마스크를 쓰면 감염을 예방할 수 있다. 병원, 버스, 기차, 지하철, 약국 등 공공기관은 마스크를 쓰지 않고 출입할 수가 없게 되었다. 지금 일부 지역에서 마스크를 쓰지 않는 사람들이 등장하고 있다. 정부 당국은 마스크 착용을 하지 않으면 벌금을 부과하여 마스크를 착용하도록 강제하고 있다.

현재 우리가 할 수 있는 실천 행위는 마스

크 쓰기 정도이다. 코로나19 백신이나 치료 약 개발이 진행 중이지만 1년 이상의 시간이 요구된다고 한다. 1년 동안 우리는 감염의 위험 속에서 조심하면서 살아갈 수밖에 없다. 감염에서 벗어나기 위해 사람을 만나지 않고, 밀폐와 밀집된 공간에 가지 않아야 한다. 공기 중 감염이 가능하다. 따라서 사회적 거리 두기 운동을 당분간 지속해야 한다. 2m 이상 거리를 두고 생활해야 감염으로부터 자신을 지킬 수 있다. 방역수칙이 지켜지지 않는다면 감염이 확산될 것이다. 한 사람의 확진자가 발생하면 그 가족과 주변 동료들도 감염될 확률이 높다. 조심해야 하는 이유는 나 하나만 감염되면 되는 것이 아니라 주변의 많은 사람에게 전파할 수 있기 때문이다.

하지만 사람은 만나고 소통하지 않고 살 수가 없다. 왜냐하면, 인간은 사회적 동물이기 때문이다. 따라서 사회적 만남, 종교행사는 원

칙적으로 금지할 수는 없다. 종교단체에서 종교탄압이라고 거세게 항의하기 때문이다. 하지만 교회에서 코로나19 확진자 수가 늘어나고 있다. 이 점에서 종교시설에서 예배를 보기 위해서는 철저히 발열 체크와 마스크 쓰기, 손소독제 사용, 2m 이상 떨어져 예배를 볼 수 있도록 하고 있다. 이러한 절차를 생략하고 예배를 보는 것을 금지하고 있다. 이미 국내에서 신천지 신자들 중심으로 집단발병과 확산을 경험한 바 있다.

사람의 삶은 자연 귀속적이며 문화 지향적이다. 문화 지향적 삶은 역사적-사회적으로 규제된다. 사람의 삶은 자연적-문화적이며, 역사적-사회적이다. 다른 생명체의 삶은 이에 비해 자연적-본능적이며, 즉흥적-군집적이다. 사람도 여타의 동물과 마찬가지로 먹고, 마시고, 추위를 피하고, 잠을 자고, 생식하고, 죽는다. 이것은 사람의 생물적 필요성이며 삶의 자연적 모습이다. 사람은 그러나 먹거리를 심고, 입을 거리를 만들고, 잠자리를 마련하며, 짝짓기를 선택하며, 죽음을 기념한다. 이것이 사람의 인간적 필연성이며 삶의 문화적인 모습이다.[1]

코로나19는 2019년 12월 발생한 중국 우한 폐렴의 원인 바이러스이다. 정확한 정의는 SARS-CoV-2 감염에 의한 호흡기 증후군이다. 전파 경로는 비말(침방울), 접촉을 통한 전파로 알려졌다. 기침이나 재채기를 할 때 생긴 비말(침방울)을 통한 전파와 코로나19 바이러스에 오염된 물건을 만진 뒤 눈, 코, 입을 만져서 전파가 되었다. 증상은 발연, 권태감, 가래, 두통, 객혈과 오심, 설사, 기침, 인후통, 호흡곤란, 폐렴과 같이 경중에서 중증까지 다양한 호흡기감염증이 나타난다. 아직 백신이 없다. 예방수칙은 올바른 손 씻기, 기침 예절 준

---

1) 정은해, 2000, 219쪽.

수하기, 마스크 쓰기, 씻지 않은 손으로 눈, 코, 입 만지지 않기이다.

코로나19는 사스와 메르스를 합친 것보다 훨씬 전염성이 강한 것으로 입증됐다. 인간에게 영향을 미치는 것으로 알려진 이전의 두 개의 코로나바이러스는 전 세계적으로 약 10,600건의 감염 사례가 있었다. 2020년 3월 12일 기준, 코로나19의 감염 사례는 확인된 것만 12만 건이 넘는다.[2] 2020년 7월 6일 현재 한국에서 코로나19 확진 환자는 13,137명, 사망자는 284명이다. 지금까지 검사 진행자는 21,292명, 격리 해제는 11,848명이다.

코로나19 이후 우리의 삶의 모습은 이전과 다르게 많이 변화하였다. 재택근무, 온라인 수업, 주 3~4일 근무, 새로운 문명의 표준이 바뀌었다. 우리는 상상하지 못했던 일들이 갑자기 나타나기 시작하였다. 비대면과 사회적 거

---

2) 홍유진 역, 2020, 65쪽

리 두기가 일상이 되었다. 그 결과 우리 사회 여러 곳에서 변화의 양상이 나타나고 있다. 대표적인 변화는 택배라고 할 수 있다. 코로나19 이전에도 택배가 활성화되었지만, 이후에 택배는 활성화 정도가 아니라 일반적이다. 비대면이 강조되면서 택배는 하나의 소비 방식으로 표준이 되었다.

이전의 택배는 면대면 상황에서 택배를 받았다면 지금은 택배가 비대면 상황에서 이루어지고 있다. 집 앞에 택배를 두고 문자로 연락하는 방식이다. 감염 위험을 피하고 비접촉을 하기 위한 대안적인 방안이다. 이전보다 택배를 이용하는 사람들이 많아지면서 많은 어려움을 겪고 있다. 그동안 총알 배송으로 빠른 배송을 했다면 지금은 빠름보다는 안전 배송을 우선 생각한다. 배달하는 분과 집안에서 택배를 받는 사람이 비대면을 통해서 안전을 지킬 수 있다.

또 다른 양상은 점심 식사하는 모습이다. 앞에 사람이 없고 칸막이를 설치하여 비말로 감염되지 않도록 하고 있다. 말 그대로 밥만 먹는 형식이다. 대화도 없이 빠르게 밥을 먹는 풍경이다. 이전에 점심시간은 대화의 장이었다. 업무로 대화를 할 수 없다가 밥을 먹으면서 대화가 행해졌다. 하지만 지금 이러한 점심시간의 풍경은 사라지고 우울할 점심시간이 되었다.

지금 우리가 경험하고 있는 코로나19는 분명 극복해야 할 바이러스다. 코로나19는 불안이지 분노는 아니다. 그러니까 지금 코로나 때문에 '분노'하는 게 아니라, 코로나 때문에 불안한 것이다. 그런데 불확실함은 사실을 보여줌으로써 충분히 해소될 수 있다.[3] 질병관리본부에서 매일 브리핑을 통해 코로나19 감염 사실을 알려주고 있다. 숨기는 일이 없기에

---

3) 김경일, 2020.

분노가 생기지 않는다. 다만 불안감이 남아 있다. 사실을 잘 알고 있기에 조심해서 행동하는 것이다. 일상에서 실천할 수 있는 작은 것들 예를 들면 마스크를 쓰거나 손을 씻거나, 기침 예절, 몸이 아프면 출근하지 않기, 보건소나 1339에 연락해서 확진 검사를 받는 정도이다.

코로나19처럼 전파력이 높은 감염병의 본성에 대한 다음과 같은 철학적 고찰이 필요하다. 첫째, 누구나 걸릴 수 있다. 둘째, 도덕적 책임을 묻기 어렵다. 셋째, 의료시스템을 위협할 수 있다. 넷째, 이기적인 행위가 이타적인 행위이고, 이타적인 행위가 이기적인 행위이다. 다섯째, 자기 돌봄이 요구된다.[4] 이러한 사실은 우리가 명확히 인지하고 있어야 한다. 코로나19 이후에 우리가 파악할 수 있는 사실이다.

한국이 코로나19에 대응하는 방식은 선진국의 전형처럼 인식되고 있다. 확진자가 발생하

---

4) 강철, 2020, 91쪽.

면 추적하여 동선을 파악하고 추가 확진자가 나오지 않도록 관리한다. 집단 감염이 발생하면 역학조사에 들어간다. 경로 추적을 통해서 어디서 전파되었는가를 확인하고 추가조사를 한다. 그뿐만 아니라 추가 확인자가 감염되지 않도록 예방하고 확진자 주변인 역학을 조사하여 감염 여부를 판단한다. 유럽과 미국 등 선진국이 하지 못한 방역 대책을 한국은 자구적으로 마련하였다. 끝까지 역학조사를 통해서 동선을 파악하고 추가 확진자를 찾아내어 치료를 받도록 하고 있다. 이 같은 방식을 K-방역이라고 한다.

2. 코로나19와 스포츠

코로나19는 스포츠에도 많은 변화를 주었다. 코로나19 이전에는 면대면, 접촉 스포츠가 주류였다면, 이후에는 비대면 스포츠가 증가하고 있다. 대표적으로 코로나19로 테니스, 야외스포츠, 캠핑 등이 관심을 받는다. 이 종목들은 사회적 거리 두기가 가능하고 비대면 스포츠가 가능하기 때문이다. 이외에도 e스포츠가 비대면 스포츠로 인기를 끌고 있다.

지금까지 우리는 스포츠에서 관중 없이 경기한다는 것을 생각하지 못했다. 아니 있지도 않았다. 학교 운동회도 조차도 학부모와 지역주민이 참여한다. 이들이 있기에 아이들은 신이 나서 즐겁게 운동회에 참가했고, 부모와 지역 주민의 참여만으로 아이들의 재미를 더 해주었다. 코로나19 이전에는 무관중 경기가 없었다. 무관중 경기는 종교적 이유로 제3국에서 경기를 진행한 적이 있다. 최근의 무관중 경기는 북한에서 있었던 월드컵 지역 아시아 예선 북한과 한국과의 경기였다. 이 경기는 중계조차도 금지했던 대표적인 경기였다.

코로나19 이후에 갑자기 리그가 중단되었다. 재개하는 과정에서 감염 확산과 예방 차원에서 무관중으로 경기를 할 수밖에 없다. 선수들은 무관중으로 경기를 하고 팬들은 온라인을 통해서 실시간 중계방송을 관전할 수 있다. 온라인으로 만나는 프로스포츠는 현장에서 보는 것과는 차이가 있다. 실감이 나지 않는다. 직접 관전하는 데서 오는 쾌감은 크다. 선수들과 함께한다는 소속감도 높아지고 경기력도 향상이 된다.

코로나19로 인한 스포츠의 변화는 이전과 이후로 분명하게 차이가 난다. 코로나19 이후 비대면과 사회적 거리 두기로 인하여 밀집과 밀폐된 공간 모임을 금지하게 되었다. 그 결과 프로스포츠 리그 운영이 잠정 중단되었다. 최근에 무관중 프로리그가 시작되었다. 한국의 프로야구리그는 5월 5일 개막되고, K리그는 5월 8일부터 시작되었다. 점차 관중 입장을 허용하여 프로스포츠 리그가 제자리를 잡아가고 있다. 하지만 이전의 스포츠에 비하여 다양한 분야에서 차이를 드러내고 있다.

관중이 입장하고 경기가 진행하다가 만일 확진자가 발생하면 리그는 중단된다. 경기장에서 관람하던 사람들은 모두 코로나19 검사를 받아야 한다. 그뿐만 아니라 시설 소독을 통해서 감염 확산을 막아야 한다. 선수나 관중 그리고 심판 모두가 조심할 수밖에 없다. 시국이 위험하니까 조심할 수밖에 없다. 하지만 지금까지 확진자가 발생하지 않고 프로리그는 순항하고 있다. 확진자 발생이 일어나지 않아야 한다. 그래야 정상적인 리그를 마칠 수 있다.

무관중 경기가 일상으로 자리 잡고, 온라인 스포츠 중계를 통해서 스포츠를 소비하는 형태로 변화하고 있다. 스마트폰과 유튜브, SNS 등 다양한 디지털 형태로 스포츠가 소비되고, 사람들은 즐기고 있다. 이전에는 상상할 수 없었던 것이 이제는 일상적인 모습으로 자리를 잡아가고 있다. 코로나19 감염 확산과 예방을 위해서 각국은 항공기 이착륙을 금지하고 있다. 그 결과 세계선수권대회나 올림픽이 중단되었다. 코로나19 이후 세계선수권대회는 점차 사라지고 온라인 중계를 통해서 스포츠를 즐기는 형태로 변화하였다.

코로나19 이후 스포츠가 직면할 수밖에 없는 몇 가지 질문들이 있다.

첫째, 코로나19 시대의 스포츠, 위기인가 기회인가? 지금처럼 프로스포츠 리그가 무관중으로 개막하였다. 무관중 경기가 진행되고 있기에 입장료 수입을 전혀 받지 못하고 있다. 또한, 헬스장이나 스포츠시설 사용을 제한하고 있기에 경제적으로 위기라고 할 수 있다. 반면에 기회라고 할 수 있는 것은 비대면이 늘어나면서 K-리그는 세계 37개국에 축구 콘텐츠를 수출하게 되었다는 점이다. 이전보다 좋아졌다. 한국프로축구를 세계에 알리는 홍보에 도움이 되었다는 점에서 기회라고 할 수 있다.

둘째, 코로나19 이후 스포츠교육의 방향은 무엇인가? 온라인 수업이 진행되고 있다. 초등학생에서 대학생까지 모든 학생이 온라인 수업을 듣고 있다는 점에서 스포츠교육의 방향이 정립되어야 한다. 어떤 콘텐츠를 가지고 어떠한 방법으로 학생을 교육할 것인가를 준비해야 한다. 다양한 자료를 찾아서 학생들의 눈높이에 맞게 수업하는 것으로 모든 학생을 위한 수업과 교육이다.

셋째, 코로나19 시대, 프로선수의 고용은 안전한가? 프로리그가 중단되면서 유명선수의 연봉이 삭감 문제가 중요한 논란거리가 되었다. 반면에 2군 선수나 마이너리그 선수들은 수입을 중단될 위기에 직면하였다. 프로리그가 개막되어야 수입이 있어서 선수들의 연봉을 지급할 수 있다. 현실적으로 어려움이 많다.

넷째, 코로나19 이후 스포츠는 어떻게 변화할 것인가? 미래의 스포츠 방향을 예측하기는 어렵다. 하지만 현재 스포츠의 모습을 진단하고 그것을 분석하여 미래를 그려볼 수는 있다. 일단 비접촉, 비대면이 강화되고 스포츠 역시 비접촉의 스포츠가 등장하고 집중될 것이다. 아무래도 테니스, 배드민턴, 캠핑 등의 스포츠가 관심을 받을 수 있다. 그 외에 e스포츠에 관한 관심이 집중될 것이다. 질병관리본부가 요청하는 사회적 거리 두기, 손 씻기, 마스크 쓰기 등을 실천할 수 있게 될 것이다. 온라인

가상공간에서 스포츠가 진행된다는 점에서 e
스포츠교육 프로그램의 개발이 늘어날 것이다.

제2장. 연구 방법

코로나19 이후의 스포츠의 문제와 해결방안을 알아보기 위하여 글쓴이는 두 가지 방법을 사용하였다. 하나는 개인윤리 차원의 성찰적 읽기이고, 다른 하나는 사회윤리 차원의 비판적 읽기이다. 읽기는 텍스트 읽기이며 스포츠로 세상 읽기이다. 읽기는 비판적 읽기(사회비판)와 성찰적 읽기(자기성찰)를 말한다. 비판적 읽기를 통해서 사회개혁 혹은 사회 변화를 추구하고, 성찰적 읽기를 통해 자아 반성과 자기 혁신을 꿈꾸는 것이다.[5] 읽기는 새로운 안목을 가지게 한다.

---

5) 이학준, 2012, 2판 서문.

그렇다면 개인윤리와 사회윤리의 차이점은 무엇인가. 개인윤리와 사회윤리의 차이점에 대하여 글쓴이가 가장 많이 예를 들어 설명한 것이 쓰레기 문제이다. 쓰레기는 인류가 직면한 심각한 사회문제이다. 이 문제를 해결하기 위하여 국가 차원에서 사람들에게 쓰레기를 버리지 말자고 아무리 강조해도 쓰레기를 아무 데나 버린다. 이를 해결하기 위해 윤리교육을 한다. 이것은 개인의 도덕적 자율성을 통해서 해결할 수 있다는 생각이다. 낭만적인 해결방안이라고 할 수 있다. 하지만 현실은 정반대의 논리가 지배한다. 쓰레기 문제를 해결하기 위해 사람들은 그냥 버리는 곳에 양심 거울을 세워놓는다.

처음에는 쓰레기를 버리는 자신의 모습을 거울로 보고 쓰레기를 버리지 않는다. 하지만 그것도 시간이 지나면서 의식하지 않게 된다. 이러한 상태에서 우리가 생각할 수 있는 것은 제도적 힘을 활용하는 것이다. 쓰레기를 함부로 버리는 행위는 벌금을 통하여 버리지 못하게 하는 것이다. 그래서 국가는 종량제 봉투를 만들었다. 쓰레기를 버리려면 돈을 내야 한다. 그 결과 쓰레기 투기가 줄어들었고, 분리수거를 잘하는 국가가 되었다. 쓰레기를 버리는 일은 돈을 버리는 것이라는 인식이 있었기에 가능했다. 돈을 절약하기 위하여 사람들은 분류 수거를 잘하고 있다. 왜냐하면, 분류 수거는 돈을 절약할 수 있다는 인식이 작용하기 때문이다.

1. 성찰적 읽기

코로나19 이후 스포츠의 방향을 알아보기 위하여 글쓴이는 개인윤리 차원의 성찰적 읽기를 하였다. 텍스트 읽기에서 성찰적 읽기는 개인적 차원의 읽기라고 할 수 있다. 개인적 차원은 도덕적 자율성과 인식의 문제를 생각할 수 있다. 사람의 생각을 바꾸기는 어렵다. 인식 전환이 성찰적 읽기의 궁극적 목적이다. 그동안의 인식은 선입견과 편견에 사로잡혀 있을 수 있다. 이러한 인식을 전환하는 것이 성찰적 읽기의 방법이다.

개인윤리는 윤리 문제의 원인을 개인에서 찾고 그것을 극복할 방법 역시 개인적 차원에서 찾는 방안이다. 오래된 윤리이론은 대개 개인윤리에 해당한다. 목적론적 윤리, 결과론적 윤리, 덕 윤리 등 모두 개인의 도덕적 자율성을 통해서 문제를 해결하려는 윤리이다. 윤리 문제를 해결하기 위해서 개인의 도덕적 자율성을 강화하는 방안이다. 이는 개인의 윤리교육을 통하여 인식 전환을 통해서 문제를 해결하려는 것이다.

2. 비판적 읽기

사회윤리 차원의 비판적 읽기를 하였다. 사회윤리는 윤리 문제의 원인과 해결방안을 개인의 도덕적 자율성을 통하여 해결하려는 것이 아니라 정책이나 제도, 구조 등의 개혁을 통해서 윤리 문제를 해결하는 것이다. 제도개혁을 통하여 윤리 문제를 해결한다는 점에서 개인윤리와 차이가 있다. 개인윤리가 교육을 통한 인식 전환이 목표라면, 사회윤리는 제도적 힘을 활용하여 윤리적 문제를 해결하는 것이다. 비판적 읽기는 정책, 제도, 구조의 문제를 파악하고 그것을 해결하기 위해서 제도적 힘을 활용하여 문제를 해결하는 것이다.

결국, 쓰레기 문제의 해법은 개인의 도덕적 자율성과 사회의 제도적 힘의 조화를 통해서 가능하다. 윤리교육을 통해서 개인의 도덕적 자율성을 강화해도 제도적 힘을 사용하지 않으면 해결하기 어렵다. 공권력은 일종의 강제력이다. 벌금과 처벌을 강화하면 해결할 수 있다. 문제는 제도적 힘만을 사용하면 제도 만능주의에 빠질 수 있다는 것이다. 해법은 제도적 힘만으로 해결되지 않는다. 결국, 사람의 문제이기 때문에 개인의 도덕적 자율성이 따라주어야 한다.

따라서 이 글 역시 코로나19 이후의 스포츠의 문제를 진단하고 이를 처방할 방안을 개인윤리와 사회윤리의 조화에서 찾아보았다. 어떻게 하면 개인의 도덕적 자율성을 강화할 것인가를 고민했다. 그리고 제도적 힘을 어떻게 활용할 것인가를 생각했다. 한 가지만 가지고 해결할 수 없다. 개인과 사회의 조화와 균형을 통해서 해결할 수 있다.

연구 문제는 다음과 같다. 첫째, 프로스포츠

리그 중단을 어떻게 해결할 것인가? 둘째, 도쿄올림픽 연기와 올림픽의 미래는 어떻게 될 것인가? 셋째, 학교체육의 중단과 온라인체육수업은 어떻게 실행될 것인가? 넷째, 헬스장과 스포츠산업의 위기를 어떻게 극복할 것인가?

제3장. 코로나19 이후의
스포츠의 쟁점[6]

코로나19 이후 나타날 수 있는 현상은 양면적이다. 장단점이 극명하게 대립한다. 분명 스포츠에 영향을 미치기 때문에 상반된 변화를 예측할 수 있다. 대략 세 가지 쟁점이 부각 된다. 첫째는 위기인가, 기회인가 하는 문제이다. 둘째는 자유를 가져올 것인지 아니면 감시를 통해서 억압받을 것인가. 셋째, 몸이 주체가 되느냐 아니면 객체가 되느냐에 따라서 제기

---

6) 이학준(2018). 4차 산업혁명과 더 나은 스포츠. 한국체육학회지, 57(4)에 발표한 내용을 요약 정리하였다. 4차 산업혁명에서 스포츠의 문제와 코로나19 이후의 스포츠 문제가 중첩되는 점이 있다. 4차 산업혁명은 코로나19가 발생하여 그 속도가 빨라졌다.

될 수 있는 몸닦달인지 혹은 몸 닦기인지의
문제이다.

1. 기회와 위기

코로나19는 스포츠의 기회인가 아니면 위기인가. 코로나19의 장단점을 분명히 하는 차원에서 스포츠의 미래를 걱정하는 것은 기우가 아니다.

1) 위기

코로나19로 스포츠의 위기를 직면하고 있다. 스포츠 전문직 종사자들의 직업이 사라질 수 있다. 비대면 환경에 의해서 인공지능이 운동 분석과 운동 처방을 할 수 있다. 전문가가 해야 할 일을 인공지능이 대신한다면 운동처방사와 같은 직업이 사라질 수 있다. 또한, ICT에 의해서 테크놀로지의 의존과 맹신이 높아져 인간 역시 기계적 행동과 인간성을 파괴될 수 있다. 스포츠를 하는 사람들은 타율적이며 수동적으로 행동하며 테크놀로지에 종속되고 지배될 수 있다.

이처럼 기술적 실업은 경기의 부재로 생기는 일반적인 실업 현상과는 달리 기술 진보에 따른 자동화가 초래하는 실업이다. 4차 산업혁명의 대표적인 역기능이 바로 기술적 실업이다. 현재 다양한 실업 전망 수치가 나오는 것은 모두 기술적 실업에 관한 것들이다. 그중 일부는 가히 재앙에 가까운 수주의 내용을 담고 있는데 그런 통계 수치가 주로 인용되고 퍼지고 있다.[7] 분명한 것은 코로나19로 인한 4차 산업혁명의 촉진은 기술적 유토피아에 의하면 가장 풍요롭고 성공적인 생산량을 가져올 수 있다. 반면에 디스토피아로서 코로나19는 대량 실업이라는 큰 충격을 주는 결과를 가져올 수 있다.

코로나19는 우리 사회에 첨단 기술 발전과

7) Kim, 2017.

더불어 일자리 소멸, 사회적 불평등과 인간 창조성의 파괴라는 부정적 영향도 가져올 수 있다. 멈포드(Mumford)는 에너지, 기술, 경제, 정치와 언론매체 등이 기술 발전 과정에서 상호 진화하면서 우리 사회에 어떠한 부정적 영향을 가져다줄 것인지를 잘 설명하였다. 그의 주장에 따르면, 산업혁명을 통한 거대기술사회의 출현은 사회제도로서 인간 문화의 모든 측면을 통제하고 인간을 볼품없게 만들 수도 있음을 지적하였다.[8] 이러한 지적은 다음과 같은 고민을 남겨둔다.

인공지능이 무엇을 할 수 있느냐가 아니라 인공지능이 어떤 권력 구조 속에서 사용되느냐가 더 중요하고, 후자는 지금 여기의 문제다. 현대 기술사회의 무한경쟁과 물질주의를 생각한다면, 인공지능이 인류 전체의 자유와 행복을 지향하게 될 리는 만무하다. 인공지능

---

8) Na & Kim, 2017.

은 권력과 부를 가진 소수의 행복에 복무하게
될 것이다.[9]

2) 기회

분명 인공지능, 빅 데이터, 사물인터넷, 가상
현실, 로봇공학 등이 스포츠의 기술과 규칙을
변화시킬 것이며 지금보다 더 변화된 스포츠
가 출현할 것이라고 상상해 볼 수 있다. 코로
나19가 가져올 스포츠의 기회는 많은 운동량
으로 열량을 소비할 수 있다는 것이다. 특히
비만의 급증과 생활 습관으로 인해 운동해야
하는 사람들에게 테크놀로지를 이용해 운동할
수 있도록 한다. 운동량을 늘릴 수 있다는 점
에서 기회라고 할 수 있다.

ICT 기기를 몸에 부착하여 운동량과 열량
소비량 그리고 운동 강도와 운동량, 운동시간
등 총체적인 분석을 통해서 운동프로그램을

---

9) Son, 2016.

효율적으로 운영하고 관리할 수 있다. 인공지능의 스마트화로 훈련 효과를 극대화할 수 있다. 부족한 부분과 과한 부분을 구별하여 운동 프로그램을 제시해 준다. 선수의 동작 분석을 통해서 수정하고 연습하고 강화해야 할 것을 알려줘서 운동 목표를 달성하는 데도 유용한다. 그뿐만 아니라 빅 데이터 분석을 통해 상대 팀의 전략과 약점을 파악하여 맞춤형 전술과 전략을 마련할 수 있다.

코로나19 시대의 더 나은 스포츠는 생활 체육 차원에서 개인의 취향과 선택 때문에 맞춤형 스포츠로 소비된다. 빅 데이터 수집을 통해 개인의 체력, 건강, 질병의 유무 등 개인정보를 분석하고 그것에 맞는 처방된 운동프로그램을 소비하는 형태이다. 이러한 맞춤형 운동은 '모두를 위한 스포츠'로 자리 잡을 가능성이 크다. 개인의 체력, 건강 정도, 질병 유무에 관한 빅 데이터를 제공하고 인공지능에 의해서 데이터 분석과 그 결과에 따른 운동 처방이 행해진다. 인공지능과 빅 데이터에 의해서 처방된 운동은 맞춤형 개별 운동으로 소비되어 운동 효과를 높일 수 있다.

2. 감시와 자유

코로나19는 스포츠를 하는 사람에게 어떤
것을 선사할 수 있을까를 묻지 않을 수 없다.
그 선사는 기술적 유토피아가 될 수 있거나
아니면 디스토피아가 될 수도 있다.

1) 감시

코로나19 시대에 인공지능, 사물인터넷, 빅데이터에 의해서 조정되고 관리되는 인간들은 일종의 허무를 느낄 수 있다. 기계에 의존하다 보면 자의식을 잃어버리고 기계에 자신을 맡겨버릴 가능성이 크다. 그 결과 자신을 상실하고 기계화(부품화)되는 문제가 발생한다. 우리가 가까이서 볼 수 있는 웨어러블 기기가 감시와 윤리적 문제를 제기할 수 있다는 점을 다음의 인용문에서 확인할 수 있다.

스마트폰과 웨어러블 기기의 경우 단순히 개인의 건강 관련 정보를 기록하는 데 그치지 않고 애플리케이션을 통해 정보가 전송되고, 이에 대한 피드백 서비스를 제공하는 형태로 발전하고 있다. 나아가 각종 건강 관련 정보를 생성하는 애플리케이션을 통합하여 관리하는 플랫폼까지 등장하고 있다. 그러나 웨어러블 장치에서 생성되는 건강 관련 정보는 의료적 효용성, 정확성, 보안 측면에서 적지 않은 문제점을 보여주고 있다.[10]

코로나19 시대 스포츠는 인간을 감시하고, 통제하고, 규제하는 감옥의 역할을 한다. 스포츠는 어원적으로 기분전환을 의미하며, 자유로운 신체 활동을 의미한다. 즉, 자발적 참여와 자신이 원하는 스포츠를 할 수 있어야 한다. 인공 지공이 인간의 신체 정보와 운동 정보를 수집하여 분석하고 운동프로그램을 제공한다면 인간의 자유가 그만큼 규제될 수 있다. 그 결과 모든 것에 대한 부정적 시각이 증가하여 스포츠 하는 의미를 발견하지 못할 수 있다.

코로나19 이후 스포츠가 디스토피아로 귀착되지 않고 인류의 행복에 이바지하는 것이 되려면, 과학기술은 우리에게 존재하는 지배에의

---

10) Choi & Kim, 2017.

의지와 탐욕을 실현하는 수단으로서가 아니라
오히려 인간 특유의 욕망을 이성적이면서도
건강하게 실현하려는 인간의 노력을 보조하는
방향으로 사용되어야 한다.[11]

---

[11] Park, 2017.

2) 자유

코로나19 시대 스포츠는 자유를 확장할 수 있다는 장점이 있다. 특히 모험스포츠와 극한 스포츠와 같이 위험성이 높은 스포츠의 경우 참여 제한이 있었다. 일반인들이 참여할 수 없었던 스포츠의 참여가 가능하게 되었다. 테크놀로지의 도움으로 스포츠 안정성과 편리성을 강화하여 참여 가능성을 높여준다. 집단보다는 개인의 신체 활동과 표현의 자유의 확장과 다양한 체험을 제공한다.

테크놀로지는 인간 신체의 확장이다. 스킨스쿠버와 같이 바닷속의 산책이 가능하고 수중, 수상, 항공 스포츠가 안전성을 확보하여 일반인의 참여 기회를 확장해 준다. 지금까지 현실에서 불가능한 스키점프, 스카이다이빙, 스켈레톤 등은 현실뿐만 아니라 가상현실에서도 가능하다. 이것은 관람 차원에 벗어나 스포츠를 간접 체험할 수 있다는 것이다.

또한, 가상현실에서 사이버 스포츠는 신체 활동의 자유를 확장하는 계기가 된다. 사이버 스포츠는 자신이 원하는 스포츠를 가상현실에서 자유롭게 할 수 있다는 점과 스포츠를 하는 사람에게 자유로움을 영위할 수 있게 한다는 점에서 긍정적으로 볼 수 있다. 그 결과 코로나19 시대 스포츠는 자유롭고 기분 좋은 신체 활동을 만끽하는 행위가 된다.

3. 닦달과 닦기

코로나19와 신체 문화를 연결하여 생각해 본다면 두 가지 양상을 생각할 수 있다. 하나는 몸닦달이고 다른 하나는 몸 닦기이다.

1) 닦달

몸닦달은 몸을 객체화하여 착취와 억압의 대상으로 만든다. 반면에 몸 닦기는 몸이 주체로서 자기 향상, 자기 수련을 가능하게 한다. 우리는 몸을 주체로서 역할로 기대한다. 이 때문에 몸 닦기를 생각해 볼 수 있다. 몸닦달의 전형적인 모습은 하이데거의 기술철학에서 찾을 수 있다.

하이데거는 기술의 본질을 닦달이라고 하였

다. 닦달은 사물(대상)을 몰아세워 무엇인가를 깨어 내려고 하는 것이다. 이러한 기술의 본질을 스포츠 세계에 적용해서 살펴보면, 코로나 19 시대의 기술이 선수를 닦달하고 감시하고 지배하게 된다는 추론이 가능하다. 그 결과 선수는 피로가 쌓이고 기록과 결과만을 목적으로 하는 기술의존도가 높을 수밖에 없다. 만약 스포츠가 기술에 의해 승부가 결정된다면, 기술이 승패를 좌우하게 된다. 선수는 없고 기술만이 강조될 수 있으며 선수들의 경쟁이 아니라 기술들의 경합이 될 수밖에 없다.

전문체육에서 보면, 우려가 예상된다. 선수가 불행해지는 것은 더 인정받지 못하고 쓸모없는 고물과 같이 대우받을 때이다. 부품처럼 대체되고 더 자신의 존재를 드러낼 수 없다. 그 결과 자신의 존재 이유를 상실하고 발전 가능성을 찾지 못한다. 이러한 존재 이해 방식을 하이데거(Heidegger)는 기술적 존재 이해라고 한다. 기술적 존재 이해는 존재자를 부품처럼 인식하고 쓸모없다고 판단되면 가차 없이 다른 부품으로 교체하는 것과 같다. 구단주와 지도자가 선수를 승리에 필요한 도구나 수단으로 판단하고 더 쓸모가 없을 때 방출하거나 퇴출한다. 그것은 선수를 대체 가능한 부품처럼 다루고 있다는 것을 의미한다.

코로나19로 테크노롤지에 의해서 몸닦달을 강조하다 보면, 스포츠에서 승리, 결과, 기록만을 추구하고 맹신하게 된다. 그 결과 스포츠에서 얻을 수 있는 감동, 의미, 과정의 소중한 것들이 상실된다. 결국, 몸닦달은 과정보다는 결과만을 강조하여 스포츠에서 승리 지상주의와 결과 지상주의가 지배하게 된다. 그 결과 인간을 위한 스포츠는 사라지고 스포츠를 위한 인간이 나타날 수 있다. 그뿐만 아니라 폭력, 도핑, 심판매수 등의 비윤리적인 문제들이 대거 발생할 수 있다. 테크놀로지의 발전으로 유전자 도핑과 같이 검출이 불가능성 도핑이 만연될 위험성이 높다.

2) 닦기

하이데거(Heidegger)는 기술이 인간 의식을 지배하게 될 것이라고 보았다. 기술의 도움으로 인간이 추구하는 신체 활동적 확장은 가능하겠지만 역으로 놀이 정신이 사라진다. "하이데거는 계산적 사유로부터 숙고적인 사유로의 비약을 요구하였다. 그는 인간들이 기술을 몰아세우고, 동요되며, 유혹당하고 있다고 하였다. 4차 산업혁명의 기술을 극복할 방안을 하이데거에서 찾아보면 시적으로 거주하기, 구원자로서의 예술, 그리고 초연히 내맡김 등이다." 12)

시적으로 거주하기는 시적 태도를 견지하여 사물을 바라본다는 것이다. 시적 태도는 실증

---

12) Lee, 2004.

주의적 관점에서 사물의 효율성만을 따지는 것이 아니라 사물이 갖는 다양한 의미를 발견하는 것이다. 예술은 직관적이며 주관적으로 보이는 것 자체를 인지할 수 있지만, 과학은 분석하고 객관화하는 과정에서 아름다움이 사라질 수 있다. 그리고 초연히 내맡김은 독일어로 'Gelassenheit'이고, 영어로 'Let it be'로 있는 그대로 내버려 두는 것이다. 흔히 자연(自然)이라고 하는 '스스로 그러함'이라는 있는 그대로를 인정하는 것이다.

이러한 철학적 관점은 동아시아의 수양론과 연결된다. 수양론은 몸 닦기이다. 몸 닦기는 몸을 닦는 행위이다. 몸을 닦는 행위는 수신이요, 마음을 닦는 것은 치심이었다. 용어는 다르지만 오랜 옛날 우리 조상은 몸과 마음이 하나라고 언제나 생각하였다. 그 때문에 몸 닦기는 그대로 마음을 닦는 것이었다. 수신이 바로 치심이었다.[13] 코로나19 시대 스포츠는 몸

---

13) Lee, 1999.

을 닦달하여 기록, 결과, 승리에 맹신하기보다는 스포츠로 몸을 닦아서 의미와 보람을 찾고 인성 함양을 할 수 있어야 한다. 결국, 몸 닦기는 기록과 승리보다는 의미와 보람을 추구하는 심성 함양과 본성 회복이다. 몸 닦기는 수신이며 사람됨을 지향하는 행위이다. 따라서 스포츠에서 몸닦달보다는 몸 닦기에 집중해야 한다.

스포츠과학의 관점에서 본다면 몸닦달은 스포츠는 없고 분석과 효용만이 요구한다. 그러면 스포츠를 하는 이유는 스포츠 그 자체에 있기보다는 목적을 위한 수단으로 전환된다. 무엇인가를 얻기 위한 행위가 된다. 따라서 스포츠의 존재 이유를 상실한다. 스포츠를 하는 일차적인 목적은 의미 발견이다. 그러므로 스포츠는 의미 추구의 과정이라고 보는 것이 맞다. 자기 자신이 주도적으로 스포츠를 하면서 그 속에서 다양한 의미와 보람을 발견하고 사

람됨을 지향한다는 점에서 몸 닦기라고 할 수
있다.

4. 더 나은 스포츠

앞에서 코로나19로 촉진된 4차 산업혁명과 스포츠의 관계에서 우리가 선택할 수 있는 것은 단점보다는 장점이다. 그 장점인 기회와 자유 그리고 닦기에서 찾을 수 있다. 기회, 자유, 닦기는 인간을 위한 스포츠로써 더 나의 스포츠의 방향을 안내한다. 인공지능, 사물인터넷, 가상현실, 로봇공학, 빅 데이터가 작동하고 지배하는 4차 산업혁명 시대에 더 나은 스포츠(인간을 위한 스포츠)를 탐구하기 위해 인간이 궁극적으로 추구하는 행복과 실존과의 연계성을 물을 수 있다.

더 나은 스포츠는 스포츠 테크놀로지에 지배에서 벗어난 인간을 위한 스포츠이다. 이러한 전제에서 아리스토텔레스의 『니코마코스

윤리학』에서 행복(eudaimonia)은 좋은 것, 최고선이라고 하면서 행복을 결정짓는 것은 아레테(arete)라고 하였다. 따라서 행복과 아레테는 더 나은 스포츠와 관련하여 탐구하였고, 인간 상실의 시대 인간 실존을 연구한 마틴 부버의 『나와 너』에서 '나와 너의 만남의 실존철학에서 만남이라는 개념을 가져와 더 나은 스포츠와 연결하여 탐구하였다.

1) 탁월(arete)

아리스토텔레스(Aristoteles)는 인간 행위의 최고선은 행복이고 그것을 실현하는 것은 아레테(arete)라고 하였다. 모든 인간이 본성적으로 추구하는 목적이 바로 행복이며, 이러한 행복을 획득하는 데 있어서 필수적인 요소가 아레테이다.[14] 탁월성의 개념은 고대 그리스

---

14) Yoo, 2009.

에서 찾아볼 수 있다. 호메로스의 영웅과 귀족들은 인간이 지닌 제약 안에서 불멸의 아레테를 추구함으로써 그 한계를 극복하려고 했다. 그들이 추구했던 아레테는 신체적인 탁월성과 윤리적인 고귀함의 조화로운 구현이었다.[15)]

4차 산업혁명으로 운동선수가 경기력을 향상하고 기록을 단축했다고 한다면 그것은 선수 개인의 신체적 탁월성의 구현이라기보다는 첨단 테크놀로지의 도움을 받아 성취한 결과물일 수 있다. 선수들이 도핑을 피하고, 공정하지 않은 경기를 피하는 것은 자신의 신체적 탁월성을 실현하는 데 크게 도움이 되지 않을 뿐만 아니라 방해가 되기 때문이다. 우리가 스포츠를 하는 것은 외부의 도움 없이 자신의 노력으로 신체적 탁월성을 성취하고자 하는 것이다. 그런데 4차 산업혁명의 영향으로 선수가 기록과 경기력이 향상되었다면, 그것은 도

---

15) Kim, 2013.

리어 자신의 탁월성을 성취하는 데 있어 방해로 작동했다는 것을 역설적으로 증명하는 것이다. 신체적 탁월성 추구 사례는 고대 올림픽에서도 찾아볼 수 있다.

고대 올림픽 종목으로 '5종 경기'가 열렸다는 사실은 그 시대가 근대올림픽의 전문화된 종목 위주의 구성과는 다르게 또한 오늘날의 전문인 지배 현상과는 다르게 진행되고 있었다는 점을 알려준다. 제전들이 시험하려 했던 것은 바로 아레테, 즉 단순히 전문화된 기술이 아니라 전체적 인간의 아레테였다. 보통 종목들은 200야드의 단거리 달리기, (1.5 마일 정도의) 장거리 달리기, 완전 군장 달리기, 원반던지기, 투창, 멀리뛰기, 레슬링, 권투, 전차경주였다. 대단한 볼거리는 달리기, 멀리뛰기, 원반던지기, 투창, 레슬링으로 구성된 5종 경기였다.[16]

---

16) Pan, 2017.

위에서 알 수 있는 것은 고대 올림픽 종목에서도 살펴볼 수 있는 것은 전체적 인간의 아레테였다. 아테네의 한 가지 의미는 어떤 특수한 종류의 일에서 능력을 발휘하는 탁월성이고, 다른 한 가지 의미는 종사하는 일의 종류와 상관없이 가지는 태도나 방식으로서의 마음의 아레테이다.[17) 아레테는 탁월성을 뜻하면 탁월성은 테크네와 관련성을 갖는다. 그 구체적인 관계는 다음과 같다.

탁월성, 덕, 기술의 의미가 있는 아레테와 테크네는 각각 떨어져 있는 개념이 아니라 서로 협력적인 관계에 있는 개념이다. 아리스토텔레스는 구체적으로 신체의 아레테를 건강, 미, 강함, 크기, 운동 경기에서의 능력의 5가지로 명시하였다. 이 5가지의 신체의 아레테는 자연적인 신체의 잠재력을 가지고 있는 아레테를 의미하며, 또한 이 신체의 아레테는 테

---

17) Hong, 2009.

크네의 도움 없이는 현실화하기 어렵다.[18]

이러한 내용에서 아레테와 테크네의 상호의
존적 관계는 인정할 수 있지만, 경계의 시각이
필요함을 엿볼 수 있다. 인간이 테크네
(Techne)에 지나친 의존은 아레테를 실현하는
데 도움이 되지 않는다. 그것은 인간의 아레테
가 아니라 기술의 아레테에 불과하다. 한 예로
수영에서 전신 수영복은 인간의 신체적 탁월
성보다는 수영복 자체는 진화의 결과였다는
것이다. 그 이유로 전신 수영복 착용은 도핑으
로 간주하여 착용을 금지하는 것과 같다. 인간
이 도전을 지속하는 것은 인간한계를 넘어서
신체적 탁월성을 실현하려는 의지의 표현이지
기술의 발전을 통한 한계의 도전은 아니다. 적
어도 올림픽의 경우는 그렇다. ICT 도움을 받
아서 기록과 한계를 넘는 것은 자신의 신체적
탁월성의 구현이기보다는 첨단 스포츠 테크놀

---

18) Lee & Ahn, 2009.

로지의 승리라고 할 수 있다.

그러므로 인간은 신체적 탁월성을 성취하기 위해 벗어나야 하는 것이 스포츠 테크놀로지의 맹신이나 지나친 의존이다. 첨단 스포츠 테크놀로지와 아레테의 조화를 통해서 기록에 도전한다는 차원에서 스포츠 의미를 발견할 수 있다. 신체적 탁월성의 도전은 자신의 한계에 도전이며 인간한계의 도전이기도 하다. 어디까지 할 수 있는가에 대한 도전은 인간의 진화를 가져오게 한 근거가 된다. 그러므로 기록과 기능보다 의미가 중요하게 생각되는 것이다.

2) 행복

선수 고유의 성격과 개성을 존중하며 선수가 존재를 실현할 수 있도록 돕는 역할과 선수가 자신의 스포츠 행위 그 자체에서 의미 추구를 하는 것이 시적인 존재 이해이다. 하이데거에 의하면, "행복한 삶이란 시적인 존재 이해에 근거하여 사는 삶이라는 것을 의미한다." 19)

시적인 존재 이해는 일종의 초연히 내맡김이다. 코로나19에 의해서 실증주의 지배 논리가 작동하고 실용성만을 절대가치로 판단하고 평가한다. 그 결과 스포츠가 의미 추구 과정이라는 것을 잃어버릴 수 있다. 그렇게 되면 스포츠는 기계적인 동작일 뿐이고 막노동과 크게 차이가 없어진다. 왜냐하면, 신체 활동 자체가 목적이 아니라 수단으로 작동하기 때문이다.

의미 추구라는 스포츠의 고유한 본질이 사라질 때 스포츠 역시 인간을 억압하고 착취하는 것으로 변해버린다. 그때 스포츠는 억압과 착취 도구로 인간을 노예와 대체 가능한 부품

---

19) Park, 2017.

처럼 대우하게 된다. 부품이 된 선수는 개성과 인격을 존중받지도 못하고 소모품으로 전락한다. 이러한 상황에서 우리는 더욱 스포츠에서 의미를 발견하지 못한다. 그 결과 스포츠는 전문선수만의 전유물이 될 뿐 아니라 보통 사람에게 볼거리 그 이상이 되지 못한다.

이외에도 우려되는 점이 또 있다. 기계적으로 설계된 운동시스템에서 운동은 기계적 반복 행위가 될 수 있다. 그만큼 재미는 반감되며 의미를 찾을 수 없다. 계속해서 동기유발이 될 수 없다. 스포츠의 존재 이유는 기능이 아니라 미적 체험과 인성 차원에서 찾을 수 있다. 코로나19 시대에 스포츠는 개개인에게 행복감을 경험하도록 기회를 마련해 주는 데 그 역할이 있다. 스포츠에서 자아실현을 체험하고 그 체험을 통해서 좋은 삶을 구현하는 것이 코로나19 시대에 우리가 더 나은 스포츠에서 얻을 수 있는 것이다. 이러한 자아실현의 체험은 타자와의 만남을 요구한다.

3) 만남

코로나19 시대는 인공지능이 범용기술로써 활용하여 가상공간과 인공지능 그리고 사물인터넷이 지배하는 삶의 구조로 변화한다. 인간은 가상현실에서 대리만족과 불필요한 면대면의 만남을 회피하고 자기 세계에 빠져서 고립될 수 있다. 또한, 부버(Buber)는 인간성 상실의 시대에 인간성 회복의 방법으로 참 만남을 제안하였다. 이를 위해 나와 너의 만남의 철학을 강조하였다.

코로나19 이후 만남은 형식적이며 그 기회가 줄어들 수 있다. 특히 가상공간에서 모든 일이 행해지면 실제 현실에서 타인을 만나지 않고도 얼마든지 자신의 업무와 행위를 할 수 있다. 그 결과 만남이 사라지면 타인의 이해와 배려보다는 상호 계산적이며 도구적, 경영적 관계가 있을 뿐 참 만남을 기대하기 어렵다. 참 만남은 면대면의 관계에서 대화만이 아니라 눈빛과 낯빛을 교감하면서 상대를 이해하고 우정과 연대를 쌓는 것이다.

참 만남은 소통을 가능하게 한다는 점에서 인간이 비인간화되어 가는 시대에 우리에게 절실하게 필요하다. 물론 온라인상에서도 얼마든지 소통은 가능하다. 익명의 사람들과 가상공간에서 함께 게임을 즐기고 SNS를 통해서도 실시간의 소통을 할 수 있으며, 과거보다 소통할 기회와 장치들이 많아진 것은 사실이다.

하지만 그것은 진실한 만남과 소통이라고 말하기에는 무엇인가 부족하다. 몸과 몸이 접촉하며 면대면의 소통하는 관계에서 형성된 만남이 타자를 타자로 보기보다 따뜻한 가족과 이웃, 동료로 인식할 수 있게 한다. 이러한 만남의 기회는 스포츠에 남아 있고 그러한 만

남이 가능하기도 하다. 스포츠는 사람들을 집
과 온라인, 가상공간에서 벗어나 타자와의 만
남을 가능하게 한다는 점에서 코로나19 시대
에 더 좋은 스포츠의 모습으로 나타나길 기대
한다.

제4장. 코로나19와 스포츠의
문제

코로나19로 세상을 변화하고 있다. 우리가 살았던 이전 세계와는 아주 다른 세상이 되었다. 우리가 예상하지 못했던 세상으로 바뀌고 있다. 대표적인 문화는 비대면 사회이다. 택배, 음식 주문, 운동 등 대부분이 비대면으로 진행된다. 사회적 거리 두기로 비대면이 일상 문화가 되었다. 만나지 않고 모든 것을 해결한다.

돌아가고픈 마음은 있어도 다시 돌아가지 못하게 되었다. 확진자 숫자가 멈추지 않고 지속해서 늘고 있다. 이 점에서 코로나19는 단기간에 끝나지 않을 것이다. 현재 치료제가 개발

되지 않은 상태에서 코로나19 종결을 예단할
수 없다. 따라서 코로나19 이후 예상되는 스포
츠의 문제를 살펴보았다.

1. 스포츠산업의 문제

헬스장이 위험하다. 왜냐하면, 회원들이 줄
어들고 있기 때문이다. 헬스장에서 확진자가
나오면서 밀집된 공간에서의 활동을 금지하고
있다. 비대면과 사회적 거리 두기가 강조되고
있는 상황에서 헬스장 역시 밀폐된 곳으로 감
염 전파의 진원지로 주목받고 있다. 실제로 헬
스장에서 감염된 첫 사례가 등장하기도 했다.

헬스장 등록자가 줄어들어 헬스장에 종사하
는 트레이너의 실직이 이어지고 있다. 심지어
는 임대료를 주지 못하는 사태가 발생하여 시
설 투자비를 건지지도 못하고 폐쇄하는 일이
있다. 그 결과 수영장 및 스포츠센터 운영이
위기를 맞이하고 있다. 비대면을 강조하는 사
회 분위기에서 여러 명이 함께 운동한다는 것

은 어려운 일이다. 수영장 사용자가 사라지면 수영장에 종사하는 수영강사와 관련자들의 실직이 예상된다.

수영장과 헬스장 등 공공 운동시설물이 속속 문을 닫자 사람들은 집에서 운동하기 시작했다. 리오넬 메시, 손흥민 등 세계적 운동 스타들이 '홈트(홈 트레이닝)' 영상을 속속 올리며 이를 권장하자 홈 트레이닝에 대한 관심은 더 커졌다. 과거 일부 사람만 했던 홈트가 코로나19로 대중화됐다. 운동이 면역력을 높이는 데 도움이 된다는 사실은 사람들에게 홈트를 해야 할 필요성을 더해줬다.[20]

스포츠산업이 전반적으로 위기라고 보면 된다. 무관중 경기를 진행하고, 신체접촉과 면대면이 활발하게 진행되는 스포츠 특성상 만나지도 못하는 상황에서 관련 직업과 일들이 사라지고 있다. 앞에서 논의한 것처럼 헬스장이

---

20) 한국경제신문사, 2020, 87~88쪽.

대표적인 피해 업체이다. 건강과 운동이 중요하다고 생각하는 대부분은 헬스장에서 운동하였다. 하지만 코로나19 이후 비대면이 강조되는 사회 분위기에서 헬스장에서 운동한다는 것은 위험한 것이다.

최근 코로나19에 의한 노인 운동 행동 변화 사례 연구에 따르면,[21] 서울 및 경기권에 거주하며 운동경력이 3년 이상인 60세 이상 남녀 노인 70명을 선정하였다. 온라인을 활용한 개방형 질문지와 심층 면담을 통해 코로나19로 인해 체험한 운동 행동 변화 사례를 탐색하였다. 수집된 자료는 귀납적 내용분석을 통해 범주화하였으며, 범주화된 각 주제는 연역적 전개를 통하여 구체화하였다. 원자료의 귀납적 내용분석 결과, 운동패턴의 변화, 운동 제약 강화, 운동 불안감 증폭, 운동 포기의 4개 상위범주와 8개의 하위범주가 도출되었다. 코로

---

21) 권오정, 2020.

나19에 따라 온라인 학습 활성화, 사회적 거리 두기 등 여러 국책이 발표되고 있고, 이는 노인뿐 아니라 전 계층의 운동 행동과 운동 참여에도 영향을 미칠 것이다.

코로나19 확산으로 171개국에서 한국인 입국 금지를 시행한 시점인 2020년 3월 9일부터 25일까지 트위터(Twitter)에 공유한 내용을 자료수집 대상으로 삼았다. 한국어 '코로나 관광'과 '코로나 여행'을 키워드로 삼았으며, '코로나 관광'으로 2,126개, '코로나 여행'으로 8,278개의 트윗이 수집되었으며, 트윗을 다시 공유한 리트윗 결과들은 모두 제외하여 총 1,905개 트윗과 개별 답글을 분석에 활용하였고, 단어 간 연결 관계를 파악해 네트워크화하는 분석법인 의미론적 네트워크 분석(semantic network analysis, SNA)을 활용하여 연구 결과를 도출하였다. 연구 결과에 따르면, 네 가지 주요 군집을 도출해냈으며, 군집 1)

놀라움: 여행 후 감염 뉴스, 군집 2) 억눌림: 강한 여행 욕구, 군집 3) 불안: 여행 경보와 관광업계 경영난, 그리고 군집 4) 분노: 입국 금지에 대한 반응으로 명명했다.22)

이처럼 관광 욕구가 축소한 상태에서 스포츠 관광 역시 축소될 것이다. 감염 확산과 예방 차원에서 국가 간의 출입구를 막고 있기에 이동이 자유롭지 못하다. 특히 관광산업이 축소되어 관광업 종사자 역시 위험하다. 크고 작은 스포츠 이벤트 종사자 역시 대회개최가 사실상 불가능하게 되어 실직 가능성이 크다. 참여형 스포츠 관광과 관람형 스포츠 관광 또한 국가 간 이동이 불가능 상태에서 고사가 진행되고 있다. 올림픽과 같은 메가 스포츠 이벤트 역시 연기되는 상황에서 다른 스포츠 이벤트 참가를 기대하는 것은 어렵게 되었다.

코로나19로 인해 변화하게 될 여가 및 스포

---

22) 홍민정, 오문향, 2020.

츠 환경에 주목할 필요가 있다. 참여자들은 자유롭게 운동할 수 있는 장소와 환경적인 요소가 통제됨에 따라 다른 운동으로 전환하거나 운동 방법의 변화를 시도하였다. 당분간 사회적 거리 두기나 집단 활동 지양과 같은 국가적 분위기로 인해 여가 및 스포츠 환경은 변화할 수밖에 없다. 추후 이러한 변화에 대한 지속적인 탐색과 효과적인 대응책이 모색될 필요가 있다.[23]

이처럼 코로나19 이후의 운동 참여 동기가 떨어지며 심지어 중도에 운동을 포기하는 현상을 살펴볼 수 있다. 특히 노인층의 경우 코로나19 확진자 중 노인 사망률이 높다는 사실을 인지하여 헬스장이나, 밀집된 공간에서 운동하는 것을 기피 한다.

이러한 현상은 코로나19 이후 발생한 현상으로 이전에 경험하지 못했던 현상이다. 노인

---

23) 권오정, 2020.

뿐만 아니라 운동 참여 인원을 증가하는 방법은 코로나19에 대한 정보공유와 안전하게 운동할 수 있도록 분위기를 조성하는 것이 중요하다. 맘 놓고 운동할 수 있도록 운동 시설이나 공간을 철저히 소독하고 헬스장 출입할 때 체온 측정과 거리 두기를 실시하여 안전하게 운동할 수 있도록 하는 것이 중요하다.

헬스장은 생존하기 위해서 헬스 팔이라는 마케팅을 통하여 수강료와 이용료를 낮추고 있다. 결국, 가격경쟁에서 동종의 헬스장에 영향을 미쳐 함께 망하는 결과를 가져올 수 있다. 이 때문에 가격경쟁이 아니라 안정성과 편리성을 확보해서 이용자들이 코로나19 감염을 두려워하는 불안감을 해소하는 것이 헬스장을 지속해서 운영할 방법이다.

반면에 집에서 하는 운동에 관한 관심이 집중되었다. 관련 산업 역시 증가추세에 있다. LG 유플러스 '스마트 홈트'의 3월 평균 이용자 수는 1월 대비 38% 늘어났다. 스마트 홈 트는 LG 유플러스가 카카오 VX와 손잡고 요가, 필라테스, 스트레칭 등 250여 편의 운동콘텐츠를 제공하는 홈 트레이닝 전문 서비스다. 인공지능을 활용한 전문 트레이너의 자세와 비교하는 자세한 코치, 이용자에게 관절 추출을 기반으로 한 실시간 움직임 분석 등을 제공한다. 인기를 끌자 카카오VXSMS '스마트 홈트 바이 카카오VX' 애플리케이션을 이동통신 3사로 확대 제공한다고 4월 13일 발표했다.[24]

코로나19 이후의 스포츠산업의 문제는 헬스장, 수영장 등과 스포츠시설 이용자 수가 줄어들고 있지만, 반면에 집안에서 훈련하는 온라인 운동프로그램은 활발하게 이용하고 있다. 그뿐만 아니라 집에서 운동하는데 필요한 운동기구의 판매율이 높아졌다. 헬스장에서 사용

---

[24] 한국경제신문사 2020, 88쪽.

할 수 있는 운동기구를 가정에서 활용하여 새
로운 운동문화가 등장하였다. 홈 트레이닝을
줄여서 '홈트'라고 표현하는 홈에서 운동하
는 문화를 만들어 내었다. 위기는 기회가 될
수 있음을 확인할 수 있다. 코로나19는 항상
위기라고 할 수 있지만, 반면에 기회를 활용하
여 이익을 내고 있다.

2. 프로스포츠의 문제

프로스포츠마다 수익을 창출하는 방법은 다
르겠지만 중계권료는 생존에 아주 중요한 요
소이다. 실제 경기에 참여하는 선수와 구단 그
리고 유료방송 채널, 후원업체(스폰서), 도박
사이트 등 '스포츠 생태계' 전체가 공포 상태
다. 실제로 양대 글로벌 스포츠용품회사 중 하
나는 재정 위기에 경고등이 켜진 것으로 알려
졌다. 후원은 많이 했지만, 대회 취소로 인해
홍보 효과를 전혀 얻지 못했기 때문이다.[25]

코로나19가 종식돼 다시 모든 경기가 시작
될 때쯤이면 남아 있는 채널 유료 가입자가
적어 다음 시즌에 중계료를 지급할 능력이 없
어질 수 있다. 결과적으로 이는 스포츠 중계

---

[25] http://www.newspim.com/news/view/20200428
000167

산업 전체의 침체가 된다. 대폭 삭감된 중계권료가 예견된다. 실제로 코로나19가 발생한 후 스포츠 시청자들도 다소 준 것으로 분석되고 있다

2월 초부터 국내 코로나19 확산세가 뚜렷해지자 K리그 정규리그 개막 일정 연기가 불가피해졌다. 결국, K리그는 개막을 닷새 앞둔 2월 24일 이사회를 열어 개막 잠정 연기를 결정했고, 3월 28일 개막 예정이었던 프로야구 KBO리그도 3월 10일 이사회를 통해 개막 연기를 결정했다. 무관중 경기로 진행되던 프로배구와 프로농구도 코로나19 확산이 진정될 때까지 시즌을 중단하기로 했다가 결국, 시즌 조기 종료를 택했다.26)

프로리그가 중단되면 먼저 문제가 되는 것은 프로스포츠뿐만 아니라 프로선수의 연봉 문제이다. 수입원이 사라지면 프로구단은 자금

---

26) 김형준, 2020.

난을 겪을 수밖에 없다. 이러한 어려움을 극복하기 위해서 유명선수의 몸값을 내리고 2군 선수를 퇴출하는 구조 조정을 단행한다. 몸집을 축소하고 들어가는 경비를 절약하는 수밖에 없다. 모기업에 지원금이 떨어지면 프로구단은 자체로 경비를 절약하고 대책을 마련해야 한다. 그렇지 않다면 프로스포츠는 생존할 방법이 없다.

프로선수 역시 리그가 잠정 중단되면 선수 역시 실직이 예상된다. 감염 전파와 확진자 숫자가 지금처럼 줄지 않는다면 프로리그는 중단할 수밖에 없다. 현재 프로리그는 무관중 상태에서 한국 프로야구리그를 시작으로 전 세계 프로리그가 시작되고 있다. 무관중 경기가 미디어를 통해서 중계되고 있다. 관람문화가 현장에서 직접 관람하는 문화에서 온라인 중계를 통해서 스포츠를 소비하는 형태로 변화하고 있다.

프로리그는 위험을 감수하고 경기를 진행하고 있다. 프로야구, 프로축구는 무관중 경기를 하고 있다. 하지만 프로선수 중에 확진자가 발생하면, 프로리그는 잠정 중단하고 철저한 소독과 프로선수, 코치, 직원 등 관련자 모두 코로나 검사를 통해서 확진자를 찾아내고 관리를 받아야 한다. 국내 프로리그에서 그나마 지금까지 확진자가 나오지 않았다.

코로나19로 인해 확대된 언택트 마케팅(비접촉·비대면 마케팅)이 스포츠 뉴노멀에 영향을 미칠 것이라는 의견도 있다. 지금까지 스포츠가 경기장에 모여 직접 관람하는 것을 최우선 가치로 쳤다면, 코로나19 이후의 세계에선 대규모 관중이 직접 경기장을 방문하는 것 외에 새로운 방식이 주된 흐름으로 정착할 수도 있다는 예상이다. 통상적인 개념의 '팬' 역시 직접 경기장을 찾는 적극적인 소비자보다 TV, 인터넷, 모바일 등 비대면 플랫폼을 통한 소비

자들의 비중이 더 커질 수 있다는 예측도 있다.[27]

2020년 3월, 개막해야 하는 국내 프로리그들이 코로나19로 인해 정상 개막하지 못했고 5월이 돼서야 국내 프로리그가 무관중 개막전을 펼쳤다. 이로 인해 국민은 미디어를 통해 스포츠를 관람할 수 있게 됐고, 우울감을 해소할 수 있는 돌파구가 생겨났다. 스포츠 미디어 시청에 대한 열망을 반영하듯 국내 프로야구 개막전에서는 평균 시청자 수가 네이버 플랫폼 기준 2019년 34만 3,291명에서 2020년 149만 3,483명으로 증가했다. 이 4.35배가량 증가한 수치는, 외부활동 자제로 인한 다른 여가활동의 제약과 스트레스 및 우울감 해소 욕구로 인한 것으로 판단되었다.[28]

한편, 한국스포츠정책과학원의 현안 대응팀

---

27) 중앙일보, 2020. 4. 17.
28) 대학신문(http://www.snunews.com

에서 산출한 스포츠산업 현장의 피해 규모를 살펴보면 2020년 국내 스포츠산업 전체 예상 매출액은 약 53,592십 억 원으로 추산되며 전년(80,955십 억 원 추산) 대비 약 33.8%의 감소가 예상되었다. 집단과 대면 활동 기반 스포츠시설업, 스포츠서비스업의 경우 회원 유지가 어려워지면서 고정비용 부담 등으로 일시적 휴·폐업이 잦아지고, 이를 계기로 전체 고용인원(453천명)의 약 33.4% 수준인 150.3천 명이 감원될 것이라는 추정치가 도출되기도 하였다.[29)]

우리나라도 사정은 비슷했지만 '코로나19 대처 선진국' 답게 프로스포츠의 회복도 빨랐다. 감염병으로 중단됐던 프로야구 시즌을 성공적으로 시작한 세계 두 번째 나라(첫 번째는 대만)가 되었다. 세계 각국의 언론이 한국 프로야구 개막전 소식을 전했고 심지어 '야

29) 성문정, 2020. 한국스포츠정책과학원 내부조사자료. 표 참고.

구 종주국'이라 불리는 미국에 방송이 생중계하기까지 했다. 20여 년 전 박찬호 선수의 메이저리그 진출에 가슴 떨려 했던 나라가 역으로 그 자신의 프로야구를 전송한 것이다. 야구팬이라면 물론이겠고 야구팬이 아니더라도 기분 좋은 소식이 아닐 수 없다.[30]

코로나19 확산과 지속이 된다면 프로리그는 지금과 같이 무관중 경기를 진행할 수밖에 없다. 무관중 경기를 한다는 것은 선수들의 심리에도 많은 영향을 미친다. 선수들의 경기력은 관중과 팬의 격려와 찬사를 먹고 산다고 할 수 있다. 응원이 선수에게 힘이 되어 선수가 최선의 경기를 하도록 종용한다. 하지만 프로리그를 중단하는 것보다는 무관중 리그를 운영하는 것이 현명한 방법이다.

선수들은 최선을 다해 경기에 참여하고 그

---

30)http://gonggam.korea.kr/newsView.do?newsId=
GAJQHIUzwDGJM000

것을 세계 37개국에 제공하여 K-스포츠의 세계화에 기회를 얻게 되었다. 기회는 만드는 것이다. 기회가 올 때 한국 프로스포츠의 세계적 확산에 코로나19를 기회라고 생각하여야 한다. 뛰어난 경기력과 콘텐츠를 확보하여 제공하는 것이 현재에서 우리가 할 수 있는 최선의 일이다.

한겨레신문 권오성 기자(2020)는 다음과 같이 코로나19 시대 프로스포츠를 전망하였다. 코로나19가 물러나고 난 뒤 프로스포츠의 미래는 어떻게 바뀔까? 일로 지친 마음에 위안을 준다는 장점도 있지만, 현대 프로스포츠에 대한 비판 역시 만만치 않다. 일부 스타 선수로 모이는 승자독식의 자본주의 메커니즘을 집약해 그것을 자연스러운 것인 양 홍보한다는 비판, 각종 미디어에 넘쳐나는 과한 스포츠 소식이 현대인에게 안식을 주기보다 정신을 어지럽힌다는 비판, 승부와 몸값이 스포츠 전

부처럼 여기게 한다는 비판 등이다. 비자발적으로 모든 사회가 속도를 줄이고 거리를 두고 혼자 보내는 시간을 늘린 지금이 지나고 나면 코로나19가 스포츠에도 어떤 예상하지 못한 영향을 미쳤을지 지켜볼 일이다.[31]

한편, 트랜드 전문가 김용섭(2020)은 2020년 코로나19로 촉발된 전혀 새로운 삶의 방식, 비대면, 불안과 위험의 시대를 건너는 우리의 자세는 어떻게 달라져야 하는가와 코로나19 이후 스포츠산업의 방향에 대하여 다음과 같이 말하였다. "팬이 없으면 프로스포츠도 존재할 수 없는 것이다. 스포츠산업으로선 앞으로 코로나19와 같은 이슈가 다시 발생하지 않으리라 법도 없고, 플랜 B 차원에서도 비대면을 스포츠산업에 어떻게 적용할지, e스포츠 산업을 기존 스포츠산업과 어떻게 연결할지에 대해 모색이 필요하다." [32]

---

31)http://gonggam.korea.kr/newsView.do?newsId=
GAJQHIUzwDGJM000

3. 학교체육의 문제

우리나라는 교육부 주도하에 교육부와 17개 교육청 모두에 온라인 교육을 위한 상황실을 설치하여 초중고 전체 학생을 대상으로 온라인 개학을 진행하고 있다. 초중고 교육은 한국교육학술정보원(KERIS)의 'e학습터'와 온라인 실시간 강의를 제공하는 'EBS 온라인클래스'를 통해 지원하고 있다. 초기에는 접속 장애 등의 문제가 발생했지만 빠른 속도로 문제를 해결해 가고 있다.33)

코로나19로 온라인 화상 수업이 가능했던 것은 국내 IT 공룡과 신생기업들까지 수업을 진행했기 때문이다. 처음에는 기술 장애가 발

32) 김용섭, 2020, 204쪽.
33) 임승규 외, 2020, 305~306쪽.

생하면서 IT 업체들이 의심을 받았지만, 문제를 해결하고 정상적으로 온라인 화상 수업이 진행되고 있다. 가상 온라인 수업이 처음 하는 것은 아니다. 이전에서 온라인 수업이 진행했지만, 지금처럼 수업이 모두 온라인 수업을 하지 않았다.[34]

코로나19 이후 오프라인 수업이 사라지거나 제한된 상태에서 공개한 강의는 만족도가 떨어진다. 차라리 사이버대학의 교육프로그램이 질적인 차원에서 높다고 평가한다. 이러한 평가를 받는 것은 사이버대학은 온라인 강의를 주로 하기에 오래전부터 강의했기 때문이다. 그런데 일반 대학은 온라인 강의가 없지는 않았다. 하지만 대부분 대학 강의는 오프라인에서 강의한다. 온라인 강의라는 익숙하지 않은 방법으로 강의를 해야만 했다. 이 과정에서 준비가 철저하지 못해서 여러 가지 문제점이 발

---

34) 김용섭, 2020.

생하였다.

이러한 임시적 상태가 지속한다면 학생들의 불만이 들어갈 것이며, 수업료 환급을 요청하거나 휴학을 선택하는 학생들이 늘어 날 것이다. 초중고 체육 시간이 축소되면, 청소년 비만이 늘어날 것이며, 이는 사회문제가 될 것이다. 학원과 학습량으로 신체 활동이 적어지고 학교체육에서 가능했던 신체 활동 욕구 불만과 스트레스 증가가 청소년 문제를 발생시킬 수 있다.

학교폭력은 학업 스트레스를 해소할 수 있는 장치가 없다는 점에서 발생한다고 생각할 수 있다. 학업 스트레스를 동급생과 후배를 괴롭히는 일에서 스트레스를 해결하는 데 문제가 있다. 적어도 학교체육은 학생들의 스트레스를 해결하는 정화 장치와 같은 기능을 했다. 하지만 코로나19로 인하여 오프라인에서 함께 신체 활동을 하지 못하기 때문에 역으로 비만이나 학교폭력이 발생한다고 볼 수 있다. 학교 체육은 학생들의 스트레스, 신체 활동 욕구, 공격력 등과 같은 요소를 해결하는 역할을 한다.

연구직이나 학자, 교수 숫자가 코로나19 이후로 축소될 것이라는 말이 있다. 현재 국내에 400여 개의 대학교가 존재한다. 비대면 수업이 강화되고 온라인 수업이 늘어나면 날수록 교육의 질과 방법에 대한 문제가 제기될 수 있다. 온라인에서 강의가 드러나기 때문에 강의의 질에 대한 논란이 있다. 그 결과 폐교되는 대학교들이 등장할 수 있다. 현재 교육부 차원에서 부실대학을 정리하고 있지만, 코로나가 지속한다면 150개 정도의 대학만이 살아남고 나머지는 사라질 것이다.

그렇다면 대학교원이 정년으로 교직을 중단하며 더 교수를 채용하지 않고 기존의 교수 역시 계약직 형태에서 이어질 가능성이 크다.

교수와 전문가 채용이 줄어든다면 대학원을 진학하는 학생 숫자 역시 축소될 것이다. 그러면 한국 사회의 학문 생태계가 위협을 받을 수 있다. 대학원 전공자 부족과 학문 후손 세대의 일자리 상실에 따른 학자의 생존 기반이 무너진다. 실무형 학자들은 그나마 전문직으로 자리를 유지할 수 있을 뿐이다.

체육계열 학과 역시 폐과되는 현상이 발생할 것이다. 유사한 학과는 통폐합되고, 취직이 보장되지 않는 학과들은 문을 닫을 수밖에 없다. 학과를 지원하는 학생이 부족하면 정상적인 학사 운영이 어렵다. 그 결과로 폐과는 당연하게 진행된다. 학생이 없는 학과는 폐과되고, 학과 교수는 교양교육부 교수로 자리를 보전할 수 있지만, 지속하기는 어려워 보인다. 이러한 맥락에서 체육학과는 학생선수만이 재학생으로 유지될 것이다. 학생선수에게 대학 졸업장을 주는 학과로 전락할 가능성이 있다.

정상적인 학사 운영이 어렵고 학생선수의 대회 일정에 맞게 학사 운영이 유동적으로 변화할 것이다. 그래서 일반 학생의 진학이 축소되고 전문선수만이 입학이 진행될 것이다.

지금처럼 코로나19가 해결되지 않는다면 예상되는 현상들이 현실화할 것이다. 비대면 수업이 증대하면 대학의 학생 숫자가 줄어들어 정상적인 학사 운영이 어렵게 될 것이다. 따라서 대학의 체육계열 학과들은 미래의 학과 운영을 위한 방안들이 마련되어야 한다. 준비가 부족하면 폐과가 곧바로 진행될 수가 있다.

유엔(United Nations)은 코로나19가 스포츠 경기에 미치는 영향35)은 다음과 같이 제시하고 있다. 첫째, 스포츠 연맹과 단체이다. 정부 조직은 안전, 보건, 노동 및 기타 국제 표준과 프로토콜과 관련된 지침을 전 세계의 스포츠

---

35)https://www.un.org/development/desa/dspd/2020/05/covid-19-sport/

연맹, 클럽과 단체에 제공할 수 있으며, 미래 스포츠 이벤트 및 관련 안전한 근로 조건에 적용할 수 있다. 이를 통해 모든 이해관계자가 현재의 과제를 해결할 수 있다. 모두에게 안전하고 즐거운 미래 스포츠 이벤트를 촉진하는 목표를 가지고 팀으로서 협력할 수 있을 것이다.

둘째, 프로스포츠 생태계이다. 생산자, 방송사, 팬, 기업, 소유자, 선수 등으로 구성된 스포츠 생태계는 스포츠계에 미치는 코로나19의 부정적 영향을 완화하기 위한 새롭고 혁신적인 해결책을 찾을 필요가 있다. 여기에는 인력 유지와 함께 향후 안전한 스포츠 이벤트를 보장하기 위해 팬들과 교류할 방안을 모색하는 것, 새로운 운영 모델과 장소 전략을 만드는 것 등이 포함된다.

유엔(United Nations)은 코로나19가 신체 활동과 웰빙에 미치는 영향은 다음과 같이 제안하였다. 첫째, 신체 활동에 대한 지원이다. 정부는 가정에서의 신체 활동을 지원하기 위해 보건 및 의료 서비스, 다양한 사회 그룹을 대표하는 학교 및 시민 사회 단체와 협력해야 한다. 가능한 곳에서 스포츠활동을 할 수 있도록 온라인 자원에 대한 접근을 강화하여야 한다. 이것이 사회적 거리를 유지하기 위한 핵심 목표이다. 그러나, 현재 인터넷 접속이 부족한 사람들을 위해 기술적인 해결책도 모색되어야 한다. 스트레스와 불안감을 완화하는 데 도움이 되도록 운동하는 등 유연하지만 일관된 일상을 만드는 것이 바람직하다.

둘째, 연구 및 정책 지침이다. 유엔 시스템은 정부 간 체육정책기구와 같은 메커니즘을 통해 연구와 정책지도를 통해 정부 및 기타 이해당사자들이 스포츠 분야의 효과적인 회복과 방향 재조정을 보장하도록 지원해야 한다. 그리고 지속 가능한 발전과 평화를 이루기 위한 스포츠의 사용을 재개하여야 한다. 과학연구와 고등교육도 미래 정책을 알리고 방향을 잡는 데 없어서는 안 될 축이 될 것이다.

셋째, 기술협력 및 역량개발이다. 정부, 유엔단체 및 기타 주요 이해관계자는 특히 코로나19 시대에 건강과 웰빙을 증진하기 위한 스포츠의 최선의 사용을 위한 접근법과 국가 정책의 개발 및 이행을 지원하기 위한 역량개발 및 기술협력 서비스의 제공을 보장해야 한다.

넷째, 홍보 및 인식 제고이다. 스포츠교육 공동체를 포함한 정부, 유엔 및 스포츠계는 세계보건기구(WHO)와 그 밖의 다른 집단적 조치 지침을 전파하여 대유행 사태에 대처해야 한다. 인터넷과 소셜미디어에 대한 접근이 제한되고 스포츠교육 피라미드를 국가/부처 수준에서 도/시군 수준으로, 국민체육 교육 감사관에서 교사까지, 국민체육교육 위원회에서 도/시군 수준으로 계단식으로 확장하여 지역사회에 도달할 수 있는 조치가 취해져야 한다. 운동선수들은 대유행의 영향을 많이 받지만, 관중들(특히 젊은 층)은 위험을 이해하고 지침을 존중하도록 하기 위한 핵심 영향력자로 남아 있다.

다섯째, 긍정적인 사회적 태도와 행동을 촉진한다. 스포츠교육은 신체 건강, 정신적 행복은 물론, 인구가 갇혀 있는 동안 사회적 태도와 행동을 함양하는 강력한 수단이다. 국제체육교육, 체육활동 및 스포츠 헌장, 체육교육 정책 패키지 및 스포츠를 통한 가치 교육 도구와 같은 국제적인 권리와 가치 기반 스포츠교육 기구와 도구는 많은 온라인 체육활동 모듈이 확실히 하기 위해 높은 관련성을 유지한다. 현재 배치되고 있는 양성평등, 안전 및 품질 기준을 준수한다. 해외의 사례를 살펴보자.

터키는 지난 3월 첫 코로나19 확진자 발생 후 스포츠 경기 무관중(3.13.~), 카페 및 영화

관 임시 영업 중단(3.17.~) 등 다중 이용시설의 제한조치를 두고 주말 동안은 외출 금지를 시행했다. 이러한 상황 속에서 주목받는 시장이 e스포츠다. 터키 e스포츠 연합(TESFED) 회장 Alper Ozdemir Afsha는 사회적 거리 두기 등 코로나19 확산을 방지하기 위한 각종 예방 조치가 일반 스포츠 및 엔터테인먼트 부문에는 부정적인 영향을 미쳤다. 반면에 사람들의 디지털 콘텐츠에 관한 관심이 엄청나게 높아졌다고 밝혔으며, 실제로 게임 이용자 수는 확진자가 발생한 이후 300% 가까이 급등했다.[36]

이제 우리에게 남은 것은 온라인 공간에서의 온라인 학습에 대한 프로그램과 평가 방법을 개발하는 것이다. 익숙한 오프라인 체육과 잠시 헤어지고 온라인에서 새로운 체육수업을 만날 수 있어야 한다. 온라인 공간에서 활용할

---

[36]https://news.kotra.or.kr/user/globalBbs/kotranews/782/globalBbsDataView.do?setIdx=243&dataIdx=182571

수 있는 통합체육과 학교체육 관련 프로그램을 개발하여야 한다. 개발된 프로그램은 참여율을 높일 수 있을 뿐만 아니라 아이들의 코로나19 감염을 막을 수 있다. 오프라인을 대신하여 온라인 공간에서 e스포츠를 활용한 다양한 프로그램을 개발하고 활용하여야 한다.

4. 근대올림픽의 문제

올림픽은 전쟁이 사라진 후에 인간들의 인정 투쟁이 펼쳐지는 유일한 공간이다. 인간은 다른 사람들로부터 인정을 받고 싶은 욕구가 있다. 이를 실현할 수 있는 곳은 올림픽과 같은 스포츠가 최상이다. 올림픽을 통해서 다른 사람들과 경쟁을 통해 자신의 신체적 탁월성을 과시하고 인정받을 수 있기 때문이다. 코로나19 이후 올림픽에서 인정받는 것은 어렵게 되었다. 비대면 스포츠가 주류가 되면서 이제는 면대면, 접촉 스포츠는 불가능하게 되었다.

역사에서 금지된 스포츠는 여러 이유가 있다. 첫째, 여성이라는 이유로 스포츠 참여가 금지당했다. 고대 그리스의 고대 올림픽은 참가할 수 없는 사람이 있었다. 노예, 여자 등과 그리스 시민이 아닌 경우 참가를 할 수 없었다. 당시 고대 올림픽은 나체로 남성들은 경기하였다. 물론 이 때문에 여자들의 참여를 금지한 것은 아니다. 단지 여자라는 이유가 차별적인 사항이었다. 그 영향력은 1896년 제1회 근대올림픽까지 진행된다. 관습적 행위를 전통이라고 규정하고 고대 올림픽에서 했기 때문에 근대올림픽에서도 해야 한다는 막연한 이유 때문이었다.

1896년 제1회 아테네 올림픽의 경우 여성이라는 이유로 올림픽 참가를 불허했다. 여성은 시상대에 오른 남자 선수들에게 꽃다발을 전하는 역할을 하였다. 여성이 올림픽에 참가할 수 있게 된 것은 1900년 제2회 파리올림픽부터이다. 근대올림픽은 고대 올림픽을 부활시킨 것이기 때문이다. 고대 올림픽은 여성과 노예에게는 올림픽 참가를 허용하지 않았다. 그 외에서 정치적 이유로 올림픽 참가를 금지한 사례가 있다.

둘째, 종교적 이유로 스포츠 참여가 금지된 일이 있다. 중세는 우리가 잘 알고 있듯이 스포츠의 암흑기라고 한다. 암흑기는 스포츠가 금지되어 제대로 행해지지 않았기 때문이다. 물론 중세도 사람이 살았고 그들도 신체 활동의 욕구가 있기에 금지한다고 금지될 수 있는 것이 아니었다. 하지만 스포츠는 신체를 욕구를 자극해서 영혼을 더럽힌다는 이유로 금지하였다. 심지어 주말에 교회에 가지 않고 스포츠를 하는 일들이 있었다. 기독교 세계관이 지배하던 사회에서 기독교에 반하는 스포츠에 참가하는 것을 금지당한 것이다.

셋째, 정치적 이유로 스포츠 참가가 금지당했다. 근대올림픽에 정치적 이유로 올림픽 보이콧을 한 경우가 있다. 대표적인 올림픽은 모스크바 올림픽과 LA 올림픽이다. 두 올림픽은 미국과 소련의 냉전체제에서 정치적 이유로 참가를 하지 않았다. 당시 미국은 소련이 아프가니스탄을 무단 침입한 것에 반대하는 차원에서 모스크바 올림픽에 불참한 것이다. 미국만이 아니라 미국에 영향력에 있는 자본주의국가들이 대거 불참하였다. 4년 후에 미국 LA 올림픽에 소련과 사회주의 국가들이 불참하였다.

넷째, 환경보호 차원에서 스포츠 참가를 금지하고 있다. 인간의 스포츠 행위가 자연과 생태를 파괴하는 일이 빈번하게 발생한다. 이러한 문제를 해결하기 위하여 스포츠를 금지한 일이 있다. 암벽 등반 과정에서 암벽이 손상되는 일이 있으며, 수상스포츠에서 사용하는 약품으로 물이 오염되는 일이 있다. 심지어 환경악화로 올림픽 참가를 포기한 사례도 있다. 베이징올림픽의 공기가 좋지 않다는 이유로 올림픽 참가를 거부한 선수가 있었다.

이처럼 다양한 이유로 스포츠가 금지당했지

만, 전염병 때문에 금지한 사례는 없었다. 최근에 코로나19로 일본에서 개최하는 도쿄올림픽이 연기되었다. 아베의 강한 반발에도 불구하고 세계적인 분위기를 수용하지 않을 수 없었을 것이다. 일본은 도쿄올림픽 개회를 개최하기 위해서 코로나19 확진자 숫자를 명확히 밝히지 않았다. 심지어 코로나19 검사 숫자를 줄여서 확인자가 나오지 않도록 꼼수를 펼치면서까지 도쿄올림픽 개최를 강하게 요구하였다. 일본은 안전한 곳이기 때문에 올림픽을 개최해도 문제가 없다는 쪽이었다. 하지만 세계는 그런 일본을 신뢰하지 못하고 불신이 높았으며 내년에 개최하는 것이 범유행(팬데믹)을 극복하는 하나의 방법이라고 하였다. 2020년 도쿄올림픽 명칭은 그대로 사용하기로 하였다. 일본 아베가 도쿄올림픽 개최를 위해 강하게 나왔지만, 세계 분위기가 연기하는 방향으로 선회해서 어쩔 수 없이 도쿄올림픽은 연기할 수밖에 없었다.

국제올림픽위원회는 3월 24일 도쿄올림픽을 1년 연기하기로 발표하였다. 일본의 아베는 도쿄올림픽 유치를 강력히 요구했지만, 세계적 분위기에서 연기할 수밖에 없었다. 코로나19 확진자가 줄어들지 않은 상태에서 세계 선수들이 한곳에 모여 경기를 한다는 것은 집단 감염을 예상할 수 있다. 또한, 신체 활동이 많기에 이로 인한 감염도 걱정되는 부분이다. 세계적 확산을 예방하는 차원에서 도쿄올림픽을 연기한 것은 잘한 일이다. 무리하여 올림픽을 개최할 때 범유행 현상이 강화되는 일은 분명하다.

코로나19 확산에 따라서 2020년 도쿄올림픽은 연기되었다. 2019년 12월에 발병된 코로나19는 백신이나 치료제가 없어서 감염이 확산하였다. 특히 세계화에 따라서 중국에서 세계로 확산하여 현재 미국, 중국, 이탈리아, 스페인, 브라질, 이집트 등 전 세계로 확산하여 펜데믹 상황에 놓여 있다. 이런 가운데 도쿄올림픽 개최는 사실상 어렵게 되었다. 일단 일 년 연기하고, 일 년 후에 감염 확산이 완화되면 올림픽을 개최하기로 했다. 문제는 일 년 후에 코로나가 치유될 수 있을지 의문이다. 따라서 지금과 같은 바이러스 감염 상태에서 올림픽을 개최하는 것은 바이러스를 확산하는 우려가 있다.

올림픽 연기에 따른 경제적인 손실이 가장 큰 부분이다. 스폰서십이나 상업적인 계약들이 취소되었고 각종 올림픽 관련 사업이나 시설물들에 대한 사용, IOC와 방송사, 스폰서십, 선수촌 등 수많은 관련 업체들의 손실이 큰 상황이라 법적 해석을 기다리고 있다. 도쿄올림픽조직위원회가 지난 12월 발표한 도쿄올림픽·패럴림픽 예산은 1조 3,500억 엔(약 15조 3,500억 원)으로 이 가운데 경기장 비용 등에 530억 엔(약 6,000억 원) 이상을 사용했지만,

올림픽 연기로 인해 계약을 취소하거나 재계약, 또는 내년 개최까지 계속 빌려야 하는 상황이 되어 경제적인 부담이 커졌다. 스포츠 경제학 등을 전공한 미야모토 가쓰히로 간사이대학교수는 도쿄올림픽 1년 연기로 경기장, 선수촌 등 유지 관리와 경기 단체의 선수 재선발 등 추가비용이 6,400억 엔(약 7조 3,000억 원)에 달할 것으로 예상했다.[37]

도쿄올림픽 1년 연기는 여러 가지 의미가 있다. 근대올림픽 역사에서 연기된 역사는 없다. 그것도 1년 뒤로 연기한 것은 이례적이다. 코로나19가 세계적으로 확산하여 있기에 한 곳에서 올림픽을 개최하는 것은 어려운 일이다. 아마 1년 후에 코로나19가 지속한다면 올림픽 자체가 사라질 위기에 놓일 수 있다. 근대올림픽은 평화와 공존의 정신을 실현할 수 있는 스포츠 메가 이벤트이다. 다시 올림픽을

---

37) 김도균, 2020.

통해서 세계평화를 꿈꿀 수 있을 것이다.

제5장. 코로나19 이후의
스포츠의 방향

　체육은 교육이며 스포츠는 문화이다. 스포츠 문화는 우리 일상의 문화가 자리 잡아가고 있다. 스포츠는 경제 및 사회 발전에 크게 이바지하고 있다. "스포츠가 보건, 교육, 사회통합 목표뿐만 아니라 여성과 젊은이, 개인, 지역사회의 권한 강화에 기여하고 있다.[38]

　하지만 코로나19 이후에 스포츠의 특성을 살리기가 어렵다. 왜냐하면, 비대면 스포츠를 할 수밖에 없기 때문이다. 따라서 코로나19 이

---

38)https://www.un.org/development/desa/dspd/2
020/05/covid-19-sport/

후의 스포츠의 방향을 알아보는 것은 사회적 구조와 개인을 구분하여 알아볼 필요가 있다. 이를 해결할 방법은 개인윤리 차원에서 성찰적 읽기를 해보았고, 사회윤리 차원에서 비판적 읽기를 하였다. 이를 통하여 해결방안의 구체적 방향을 알아보았다.

1. 성찰적 읽기

개인의 도덕적 자율성에 의해서 문제를 해결하는 방법이 있다. 개인적 차원에서 코로나 19 이후 스포츠의 방향을 찾아보았다. 생존 체력과 면역력 강화를 위한 운동, 우울증 치료를 위한 운동 효과 그리고 인식 전환을 위한 세계관의 변화 등이다.

1) 운동과 면역력

사람이 살아가는 데 필요한 것이 대략 2가지이다. 하나는 체력이고 다른 하나는 사고력이다. 체력은 방위 체력과 생존 체력으로 나눌 수 있다. 생존 체력은 일상생활을 하는데 요구되는 최소한의 체력이다. 계단을 오르거나, 생활용품을 구매하기 위해 마트나 백화점을 가는 일 등의 일련의 행동은 최소한의 체력이 필요하다. 체력이 고갈되면 일 처리를 제대로 할 수 없다. 이러한 맥락에서 생존 수영의 예를 들어볼 수 있다. 세월호 이후 학교에서 생존 수영을 필수로 수강하도록 하고 있다. 적어도 수영을 못해서 익사하는 경우를 예방해야 한다는 차원에서 등장한 것이다.

대부분 학생이 국어, 영어, 수학만 잘하지만, 수영은 잘하지 못한다. 실제 생존과 관련된 지식은 수영 기법이다. 수영 기법은 생존기법이기에 생존 수영이 강조되는 것이다. 위기 상황에서 대처할 수 있는 능력을 향상할 방안이다. 코로나19 이후 우리에게 필요한 것은 바이러스와의 싸움에서 승리하는 것이다. 이를 위해서 필요한 것은 면역력이다. 지병이 있는 사람과 60세 노인층에서 사상자가 많이 발생했다.

코로나19 이후 체육과 스포츠가 생존할 수 있는 면역력 강화 프로그램과 효과를 증명해서 많은 사람이 운동을 생활화하도록 하는 것이다. 유튜브를 활용하여 면역력 강화 운동프로그램과 웹을 개발하여 사람들이 쉽게 따라 할 수 있도록 생존전력을 변화하는 것이다. 면대면 수업이 어려워진 상황에서 비대면 운동 프로그램을 강화해서 이용할 수 있도록 운동 콘텐츠를 다양하게 개발하여 사용자 수를 늘리는 방법이 있다.

성공적인 운동 효과를 보기 위해서는 적어도 6개월 이상 지속해야 한다. 작심하고 며칠 동안 운동을 했다고 운동 효과가 나타나지 않는다. 이 때문에 꾸준히 천천히 운동을 생활화하는 것이 필요하다. 운동 강도를 조절하여 무리하게 운동하여 운동 상해가 발생하지 않도록 주의하면서 운동이 일상생활의 일부로 언제나 어디서나 운동할 수 있어야 한다. 이러한 태도는 운동 효과를 볼 수 있도록 한다. 또한, 식이요법도 중요하다.

2) 운동과 우울증

비대면 일과 온라인 수업 그리고 사회적 거리 두기는 사람을 만나 소통하고 일을 처리 방식에서 인간적인 공감이 가능하였다. 인간은 사회적 동물이기에 만나고 소통하는 것이 기본이다. 하지만 코로나19 이후 만남은 줄어들고 비대면이 일상화되었다. 그런 과정에서 우울증과 정신병을 앓는 사람들이 등장하였다. 이전보다 많은 사람이 우울증에 시달리고 있다. 우울증 환자가 많아진다면 사회적으로 해결해야 할 문제가 많아졌다.

우울증은 약물치료, 상담, 운동 치료를 통해 완화하거나 완치할 수 있다. 우리가 주목하는 것은 운동이 약물의 후유증 없이 우울증을 치료하는 자연 치료제라는 점이다. 신체 활동을 통해 기분전환과 우울증을 개선할 수 있다는 것은 임상시험과 연구논문을 통해서 그 효과가 밝혀지고 있다.

문제는 어떻게 운동하느냐이다. 운동은 개인의 기호와 체력상태 그리고 질병 유무에 따라서 맞춤 운동을 하면 된다. 꼭 모여서 집단으로 운동을 하라는 법은 없다. 개인이 좋아서 알아서 운동을 꾸준히 즐길 수 있어야 한다. 중요한 것은 지속성과 성취욕, 즐거움을 얻는 것이다. 운동하면서 즐겁지 못하면 그것은 노동하는 것과 같다. 따라서 자유롭게 신체 활동의 즐거움을 누리는 것은 우울증을 완화하고 치료하는 방법일 것이다.

운동은 가장 흔하게 권장받는 스트레스 해소 방법은 틀림없지만, 도를 넘지 않는 범위 내에서 신체의 긴장 완화를 목적으로 해야 한다. 운동은 가벼운 땀을 흘리거나 함께 운동하는 사람과 이야기할 수 있을 정도의 강도이면 좋다. 좀 더 과학적으로 말하면 맥박수를 계산하여 자신의 목표지역에서 50~80%에 도달하는 정도의 운동이면 좋다. 이러한 범위는 '0.5(220-자기 나이-분당 안정 시 맥박수) + 분당 안정 시 맥박수' 라는 공식으로 계산하면 된다. 초심자는 0.5(50%)를 넘지 않는 범위 내가 좋으며, 0.8(80%)을 넘는 범위는 운동으로서 적합하지 않은 범위이다. 맥박수가 연속해서 15분~20분간 자신의 목표지역 내에 있어야 좋다. 5분~10분 정도의 전후 운동을 포함해서 자신의 목표지역에 맞도록 조금씩 시간을 연장하면 된다. 일반적으로 이런 정도의 운동을 주 3회~4회 실행하는 것이 좋다.39)

---

39) 양은석, 이학준, 2013, 303~304쪽.

3) 운동과 건강

건강은 신체적, 정신적, 사회적, 영적으로 아무 문제가 없는 안녕의 상태이다. 코로나19 확진자가 증가하여 펜데믹 현상이 등장하였다. 이러한 환경변화에서 체육계가 주목해야 할 것은 건강과 위생에 대한 인식과 정책을 마련하는 일이다.

운동과 건강의 관계는 많은 연구에서 그 효과를 입증하고 있다. 건강하다는 것은 면역력이 강하다는 것이다. 면역력이 강하면 바이러스와의 싸움에서 승리할 수 있다는 것이다. 코로나19 이후 사람들은 건강과 위생에 관심을 집중했다. 생존을 위해 필요한 것은 건강과 위생이기 때문이다. 위생은 마스크 쓰기, 손 씻기 등과 감염 확산과 예방을 위한 실천이다. 건강하다는 것은 면역력이 강화되어 바이러스와 싸움에서 이겨낼 수 있다는 것이다. 건강하기 위해서 운동하는 것은 이제 선택이 아니라 필수가 되었다. 왜냐하면, 운동을 면역력을 강화해 주기 때문이다.

특히 성장기에 있어서 운동은 신진대사를 촉진하여 장기발육을 촉진하고 뼈와 근육에 자극을 주어 체중, 가슴둘레 등의 발육에 도움을 준다. 사람의 근력은 25세에 정점에 도달한 후에 매년 1%씩 감소하는데. 근육이 감소하면 포도당 이용률이 감소하여 당뇨가 발생할 확률이 높아지고, 신체 유연성이 부족하여 낙상, 부상이 일어나기 쉬우며, 요통과 관절염이 혼히 유발된다. 저항성 운동을 하면 뼈와 근력이 강화되어 골다공증이 예방되며, 기초대사량이 향상되어 체중조절이 쉽고, HDL-콜레스테롤이 증가하여 심혈과 질환이 억제된다.[40].

---

40) 양은석, 이학준, 2012, 25쪽.

미국 노스웨스트대학 의과대학 예방의학과 연구팀이 발표한 건강한 지키는 7가지 수칙이 있다. 첫째, 운동하라! 1주일 최소한 150분 이상 운동을 하라고 권고하고 있다. 둘째, 혈중 콜레스테롤을 200mg/dl 이하로 조절하라. 셋째, 식습관을 개선하라. 통곡, 채소, 과일, 기름기 없는 단백질을 많이 섭취하고 나트륨, 설탕, 포화지방, 트랜스지방 섭취를 제한하라고 한다. 넷째, 혈압은 120/80mmHg 이하로 관리하는 것이 좋다. 다섯째, 혈당을 100mg/dl 이하로 관리하라고 권고한다. 여섯째, 체중을 관리하라. 체질량 지수 BMI 25 이하로 유지하라고 한다. 일곱째, 모든 수단을 다해서 담배를 끊어야 한다고 권고하였다.[41]

코로나19 이후 개인의 건강과 면역력 등이 주요 관심사가 되었다. 그동안 건강을 위해 운동을 해야 한다는 얘기가 많았다. 운동과 건강

---

41) 경일일보, 2013년 3월 24일.

은 밀접한 관계가 있다는 것을 누구나 확신한다. 운동만 하면 건강해진다는 인과론이 성립한다. 운동하지 않기 때문에 건강하지 않다고 생각하는 것이다. 하지만 헬스장이나 수영장 같은 집단 체육시설 사용을 금지하고 있는 이유는 확진자 발생을 우려하기 때문이다. 건강을 위한 운동 형태가 변화하고 있다. 헬스장에서 하던 운동이 집콕 운동으로 변하고 있다. 많은 사람은 홈 트레이닝을 하고 있다. 집안에서 운동기구를 사용해서 운동한다. 운동 애플리케이션을 사용하여 운동 처방과 운동 자세 교정 등을 인공지능에 의하여 지도받고 있다.

운동만이 살길이다. 면역력을 강화하는 것은 바이러스와의 싸움에서 이기는 것이다. 면역력 강화는 운동을 통해서 가능하다. 물론 운동은 만병통치약이 아니다. 적어도 운동은 면역력 강화에 도움이 된다는 것이다. 코로나19와 싸움은 강한 면역력이 있다면 감염으로부터 자신을 지켜나갈 수 있다.

4) 존중과 배려

운동은 신체로 한다고 알고 있지만, 정확히 말하면 정신이 주로 작용한다. 이 점에서 정신이 운동의 상당 부분을 차지한다고 할 수 있다. 정신이 운동에서 중요하다는 것을 말하는 것이다. 다시 말해서 운동에서 중요한 것은 운동하는 태도이다. 태도는 마음가짐이라고 할 수 있다. 상대를 존중하고 존경하는 마음가짐이 마음의 평화를 가져온다. 누군가를 존중하지 못하면 자신 역시 상대로부터 존중받지 못한다. 인간은 타자와의 관계에서 인정 투쟁을 한다. 상대로부터 인정받고 싶은 욕구가 강하기 때문에 상대보다 잘하려고 한다. 타자가 없다면 인정 투쟁에 참여할 이유는 사라진다. 자신이 타자로부터 인정받고 싶다면 자신 역시 타자를 존중하는 것이 중요하다. 상호 존중에서 서로 인정하고 인정받는 관계가 회복되고 좋은 관계 맺음이 가능하다.

　스포츠에서 존중이 사라질 때 나타날 수 있는 것은 서로 간의 불신이며 그 결과 경기장에서 험한 싸움이 발생할 수 있다. 선수들은 서로 동업자로서 상호 존중하기에 부상의 위험으로부터 자신들을 보호할 수 있어야 한다. 대한축구협회에서 존중 캠페인을 하는 이유 역시 공정한 경기를 진행하기 위함이다. 따라서 존중은 경기장에서 선수들은 부상을 예방하고 함부로 상대 선수를 해하지 않는다는 서로 간의 약속이다. 존중받지 못할 때 선수는 화를 내고 거친 경기를 할 수 있다.

　축구 경기에서 쓰러진 상대 선수에게 손을 내밀고 선수가 일어날 수 있도록 도움을 주는 것은 상대 선수를 존중하기 때문에 가능한 것이다. 상대 선수를 적이 아니고 동료이기 때문이다. 축구는 전쟁하는 것이 아니라 합의한 규칙에 따라 공정한 경쟁을 통해서 신체적 탁월성을 입증하는 신체 활동의 경연이다. 하지만 우리는 상대 선수를 적으로 간주하여 상대 선수에게 상처를 입히는 것을 당연하게 생각한다. 상대 선수는 나와 같은 선수로서 다치지 않도록 조심해야 한다.

배려는 타자와 다른 사물에 마음 씀이라고 할 수 있다. 타자의 욕구와 표현을 중요시 생각하며 그것을 무시하거나 강제적으로 금지하는 것이 아니라 수용하고 배려하는 것이 필요하다. 배려가 사라지면 특정 집단의 강제와 강압이 난무할 수 있다. 함께 살아간다는 인식이 있다면 타자를 존중하고 배려하는 것은 기본이다. 타자에 대한 배려는 그 사람에 대한 존중과 존경을 표현하는 것이다.

존중이 사라진 대표적인 예시가 한국 사회에서 나이로 서열을 정하는 것이다. 이러한 분위기에서는 나이가 강제 수단이 될 수 있다. 나이가 많다고 아래 사람에게 함부로 한다. 나이가 많다는 것은 존중받을 수 있는 부분이지만 나이로 상대를 억압하고 함부로 해서는 안 된다. 나이와 상관없이 경기장에서 상호 존중하는 것이 다치지 않고 공정한 경쟁을 할 수 있다.

따라서 이제는 나이를 떠나서 인간이라는 것에 무게를 두고 존중과 배려가 필요하다. 나이를 따지는 서열문화는 사라져야 하고 존중과 배려를 주고받는 사회가 되어야 한다. 특히, 코로나19 이후에는 인간이 살아가는 삶의 태도가 변화되어야 한다.

2. 비판적 읽기

사회 윤리적 접근방법은 개인적 차원의 문제 해결이 아니라 사회적 차원의 문제 해결을 말한다. 사회적 차원은 공권력을 사용하여 제도를 바꾸는 일이다. 제도개혁을 통해서 문제를 해결하는 것은 손쉬운 방법이다. 즉, 제도적 힘을 사용하여 사회구조나 정책, 제도의 개혁을 통해서 문제를 해결하는 방법이다. 이에 대한 구체적인 방안은 e스포츠 확산과 미디어 스포츠, 고용보장제도의 실천이 있다.

상대방에 대한 악의적 감정은 이유가 없이 상대를 무시하고 피해를 주는 행위이다. 아무런 이유가 없는데 마음에 들지 않는다고 괴롭히고 비판한다. 이런 경우 감정 대립으로 싸움이 발생할 가능성이 크다. 이유 없이 계속해서 괴롭히고 비판한다면 피해를 보는 쪽에서는 불쾌감뿐만 아니라 보복하고 싶은 마음이 생긴다. 이러한 악의적 감정을 해소하는 것은 솔직하게 자신의 감정을 표현하는 것이다. 이러한 표현방식을 훈련하는 것이 좋다. 평소에 불만스러웠던 점을 표현하고 오해의 소지를 없애고 사이좋은 관계를 유지할 수 있어야 한다.

1) e스포츠 확산과 미디어 스포츠

코로나19로 인해 전 세계적으로 산업이 위기를 맞았다. 스포츠산업의 최강국인 미국에선 모든 스포츠가 중단되었다. NBA는 중단되었고, MLB는 개막이 연기되었다. PGA, LPGA 투어 모두 중단되었다. 프리미어리그, 라리가, 분데스리가 등 유럽 축구 5대 빅 리그 모두 중단되었다. 프랑스 오픈은 연기되고, 윔블던은

아예 취소되었다. 한국에서도 프로농구가 시즌이 중단되고, 프로야구는 개막을 연기했다.[42]

코로나19 이후 프로스포츠는 전면 중단됐지만, e스포츠는 여전히 진행 중이다. e스포츠는 현장 대면 없이 온라인에서 진행할 수 있다는 장점이 있다. 특히 e스포츠는 무관중 경기로 진행된다는 특징이 있다. 코로나19 이후 e스포츠는 위상이 높아졌다. 세계적 기업들도 적극 후원을 하고 있다.

코로나19로 모든 프로스포츠가 중단됐지만, e스포츠는 오히려 상승세를 타는 분위기다. 실제 e스포츠 통계 사이트 'e스포츠 도표'를 보면, 올해 엘시케이 경기당 평균 시청자 수는 16일 기준 20만 1,923명, 지난해(12만 6,127명)보다 약 8만 명 늘었다. 영국 〈가디언〉은 10일 "코로나19 발생 뒤 e스포츠에 대한 수요가 적어도 3배 이상 증가했다"라고 전했다.[43]

---

42) 김용섭, 2020, 199쪽.

최근 코로나19 현상에서 온라인 스포츠활동 참여자의 선택속성 차이 분석[44]이라는 논문에서 온라인 스포츠활동 소비자의 인구통계학적 특성에 따른 선택속성 차이를 검증한 결과를 보면, 연령은 서비스에서 통계적으로 유의한 차이가 나타났으며, 직업은 프로그램, 편리성, 서비스, 트렌드에서 통계적으로 유의한 차이가 나타났다. 아울러 학력은 프로그램, 편리성, 서비스에서 통계적으로 유의한 차이가 나타났으며, 수입은 프로그램, 편리성, 서비스에서 통계적으로 유의한 차이가 나타났다. 이와 더불어 결혼 여부는 프로그램에서 그리고 가족 구성원 수에서는 정보성이 통계적으로 유의한 차이가 나타났다. 마지막으로 참여 빈도는 프로그램, 편리성, 서비스, 트렌드에서 통계적으로 유의한 차이가 나타났다.

---

43) 한겨레신문, 2020. 4. 19.
44) 유동균, 정수봉, 최승국, 2020.

코로나19가 세상을 바꾸고 있다. 코로나 확진자가 증가하면서 팬데믹(pandemic) 환경으로 세계는 위기 상황을 맞이하고 있다. 한국은 코로나19에 적극적으로 대응하여 확진자 수가 점차 줄어들고 있다. 하지만 교육부는 잠재된 바이러스의 감염 우려와 확산을 고려하여 재택수업 정책을 국가적으로 실시하고 있다. 이러한 차원에서 사회적 거리 두기 운동으로 단체운동이나 모임, 스포츠시설 사용을 금지하고 있다.

심지어 프로야구개막전도 연기된 적이 있다. 국민의 적극적인 참여로 코로나 감염자 수가 점차 줄어들고 있다. 하지만 제2의 확산을 방지하는 차원에서 사회적 거리 두기 운동을 넘어 생활 속의 거리 두기 운동은 당분간 지속할 수밖에 없다. 코로나19에 대한 각각의 국가의 대응 방식의 차이에서 확진자 수의 차이를 드러내고 있다. 그 주된 이유는 각국의 문화적, 생활방식, 보건 의식의 차이 때문이다.

이러한 상황은 집에서 온라인으로 대체 수업은 가능하지만, 실기 수업이 필요한 예체능 과목은 한계라는 걸 보여주고 있다. 실기 수업이 절대적으로 필요하기에 오프라인 강의를 하지 않을 수 없는 상태이다. 그 대안적 방안으로 소수의 학생이 참여한 수업은 진행되고 있다. 체육수업도 온라인 수업의 한계를 인정하지 않을 수 없다. 특히 통합체육에서 실기 수업을 위한 대안을 찾기 위해 e스포츠에 관심을 두게 되었다. e스포츠가 관심을 받는 주된 이유는 장소, 시간, 장애 관계없이 어디서나 참여하여 즐길 수 있기 때문이다. 그동안 여러 가지 장애로 통합체육에서 장애학생과 비장애 학생이 함께 수업하기가 어려웠지만, 지금은 온라인에서 장애 학생이 비장애학생과 함께 체육수업을 받을 수 있는 환경이 형성되고 있다. 장애를 넘어서 사이버 공간에서 모두 함께 e스포츠를 할 수 있다는 점에서 관심이 집중되고 있다.

코로나19 이후 e스포츠의 위상이 지금보다 높아질 것이라는 전망도 나온다. 실제 세계적 기업들이 e스포츠의 가능성을 보고 후원에 적극적이다. 리그 오브 레전드 최강자 이상혁(페이커) 선수가 속한 티원(T1)은 나이키에 이어 최근 베엠베(BMW)의 후원을 받게 됐다. 나이키는 광고를 통해 "페이커는 르브론 제임스, 케빈 듀란트, 크리스티아누 호날두처럼 위대한 선수"라고 평하기도 했다.[45]

페이커 이상혁 선수를 아는 사람은 젊은 청소년들이다. 나이가 40대 중반을 넘어서고 게임을 즐기지 않는 세대에서 페이커는 그냥 낯선 이름에 불과하다. 어떤 연예인은 페이커가

---

45)http://www.hani.co.kr/arti/sports/sports_gene
ral/941096.html#csidx26e907a3fe739a9960f7f005db
cbf35

특정 상품명이라고 할 정도로 게임에 관심이 없다면 알 수 없는 이름이다. 하지만 청소년과 e스포츠 매니아 층에서 페이커 선수는 축구의 메시에 비유될 만큼 인기가 대단하다.

현재 코로나19 팬데믹 상태로 국내에서 국민의 사회적 거리 두기 운동, 생활 속의 거리 두기 운동이 자발적으로 실천되고 있다. 그 결과 대면이 필요한 팀 스포츠는 감염 확산과 예방을 위한다는 이유로 제한을 받아왔다. e스포츠에 관심이 증가한 이유는 온라인에서 경기할 수 있기 때문이다. 여하튼 한국에서 통합체육은 형식적으로 행해지며 장애학생과 비장애 학생이 함께하지만, 참여 형태의 차이를 보인다. 장애 학생은 참관수업을 하고 비장애 학생은 직접 참여하는 양상이다. 이러한 한계를 극복하고 통합체육을 정상화할 방안은 e스포츠의 활용이다.

e스포츠는 시공간을 초월하여 사이버 공간

에서 통합체육을 할 수 있다는 장점이 있다. 형식이 아닌 진짜 통합체육을 하기 위해서 우리가 주목하는 것은 e스포츠이다. 왜냐하면, e스포츠는 통합체육 목적을 실현하기 위한 최적의 프로그램이기 때문이다. e스포츠는 온라인 공간에서 장애와 관계없이 자유롭게 참여할 수 있다는 점에서 주목을 받는다. 특히 장애와 관련 없이 한 팀을 구성해서 팀 대항을 할 수 있다는 점에서 통합교육, 통합체육의 방법으로 관심을 끌고 있다.

e스포츠의 효용은 환경변화에 따라서 세 가지로 구분할 수 있다.46)

첫째, 함께하기이다. 장애와 비장애 학생, 다문화 학생 등 다양한 학생이 온라인 공간에서 만나서 함께 할 수 있다는 점에서 그 효용성이 있다. 오프라인 통합체육은 장애 학생은 관람하고 비장애 학생이 참여하는 형식적 통합

---

46) 이학준, 김영선, 김용욱, 2020, 221~223쪽.

만을 했다고 할 수 있다. 온라인 공간에서 만나는 사용자는 팀을 만들어서 협업 과정을 통해서 게임에서 경쟁할 수 있다는 점에서 중요하다.

둘째, 넘어서기이다. 장애를 넘어설 수 있다는 점에서 관심을 받고 있다. e스포츠는 공간, 시간, 장애를 넘어설 수 있다는 점과 언제 어느 곳에서 팀을 만들어 경기할 수 있는 장점이 있다.

셋째, 즐기기이다. 스포츠는 어원으로 살펴보면 기분전환, 오락의 의미가 있다. 즐길 수 있어야 스포츠를 하는 것이다. 즐기지 못하면 그것은 스포츠가 아니라 노동이 된다.

이처럼 e스포츠에 우리가 관심을 가져야 하는 것은 코로나19가 지속하면 될수록 온라인 공간에서의 활동이 늘어날 수밖에 없기 때문이다. 온라인 활동이 늘어나면서 무관중 경기를 진행하고 있는 프로스포츠는 또 다른 소통을 시도하고 있다.

코로나19 이전보다 활발하게 유튜브를 비롯한 SNS를 통해 팬들과 직접 소통하고, 청백전 자체 중계 등 콘텐츠를 강화하는 움직임이 눈에 띈다. 물론 코로나19로 인한 뉴노멀에는 구단 운영비 감소, 시장 규모 축소 등의 불가피한 변화도 포함된다. 코로나19 뉴노멀은 결국, 프로스포츠가 살아남기 위한 새로운 생존 전략 그 자체가 될 수도 있다.47)

국내 프로스포츠에 관한 관심은 전 세계에서도 이어지고 있다. 한국프로야구(KBO)의 경우, 야구 종주국 미국의 스포츠전문 채널인 'ESPN'과 일본의 유무선 플랫폼 'SPOZONE' 등이 중계권을 구매해 중계할 만큼 큰 관심을 보이고, 한국프로축구(K리그)의 경우 37개국에 중계권을 판매하는 등 세계적인 관심을 받고

---

47) 중앙일보, 2020. 4. 17.

있다. 이는 아직 코로나19 여파로 인해 프로리

그 개막하지 못하는 나라의 국민이 외부활동

자제에 대한 우울과 야구에 대한 갈증을 해소

하기 위해 대체 스포츠 콘텐츠를 찾고 있는

것으로 볼 수 있다.[48]

미국, 중국, 한국에 이어 터키가 유럽 및 중

동지역에서 추후 e스포츠를 주도하며 게임 산

업 내 기술 발전을 가져올 수 있도록 외부 투

자 유치에도 적극적임을 시사함과 동시에 역

으로 한국의 기술 인력들의 터키 시장 진출

가능성에도 있음을 시사한다. 현재까지는 한국

출신의 프로게이머가 활동하거나 모바일 게임

시장으로의 진출이 있기는 했으나 게임 개발,

디자인 및 프로그래밍 분야에서 성과는 많지

않았다. 이미 터키 e스포츠 시장에는 유명 프

로게이머의 계약 해지 또는 은퇴 내용이 홈페

이지 메인 및 커뮤니티에 논쟁거리가 될 정도

---

48) http://www.snunews.com

로 한국의 위상은 높고 긍정적이기에 이를 활
용하는 터키 시장 공략이 필요할 것으로 보인
다.49)

---

49)https://news.kotra.or.kr/user/globalBbs/kotra
news/782/globalBbsDataView.do?setIdx=243&dataI
dx=182571

2) 스포츠산업체 고용보장제

코로나19 이후 우리 사회는 고용이 불안정하다. 그 여파로 실업과 폐업이 일어나고 있다. 사회적 거리 두기와 밀집, 밀폐한 곳에서 코로나19 감염과 전파가 발생하여 모두 주의를 기울이고 있다. 사람들이 집에서 모든 일을 처리하고 집 밖으로 나오지 않자. 손님이 없어 지역 경제가 위기에 몰리고 있다. 코로나19가 종식되어야 지역 경제도 살아날 수 있다. 지금처럼 지속된다면 지역 경제는 더 어려워질 뿐만 아니라 많은 사람이 실직에 내몰리게 된다.

운동선수도 예외가 아니라서, 경제적으로 어려워지면 기업은 제일 먼저 돈을 투자해도 즉각적인 효과를 보지 못하는 것부터 처리한다. 대표적인 예시가 스포츠팀 해체이다. IMF 시절 많은 스포츠팀이 해체되었다. 선수들이 직

업을 잃고 더는 운동하지 못하는 사태가 발생
하였다. 코로나19 이후 아직은 스포츠팀이 해
체하지 않고 있지만, 코로나19가 종식되지 못
하면, 스포츠팀 해체가 이어질 전망이다. 기업
이 어려워지면 스포츠팀을 해체하는 것은 어
쩔 수 없는 일이다.

프로스포츠의 정상화를 위해서 필요한 것은
사회적 방역시스템을 완비하는 것이다. 일상생
활도 그렇지만 프로스포츠 역시 사회적 방역
시스템이 마련되어야 정상적인 리그 운영이
가능하고 감염 확산과 예방을 할 수 있다. 사
회적 방역시스템이 잘 되어 있지 않거나 전혀
없다면 선수들의 불안감은 클 수밖에 없다. 선
수가 감염되어 확진 판정을 받는다면 동료 선
수와 관중에게도 위협이 될 수 있다. 이를 위
하여 관중 개인이 자발적으로 위생과 거리 두
기, 마스크 착용을 철저하게 하여 코로나19 확
산을 막아야 한다.

코로나19가 프로선수에게 문제가 되는 것은 임금이다. 1군 선수의 연봉 삭감과 2군 선수의 수입이 줄거나 중단된다는 것이다. 특히 신고 선수의 경우 비대면과 사회적 거리로 인해, 빈곤의 늪에 빠질 수 있다. 따라서 프로선수의 고용을 보장하는 제도를 만들어야 한다. 고용 불안으로 인해 운동을 지속하지 못할 경우를 사전에 차단하기 위해서는 꾸준히 운동하여 경기력을 유지할 수 있는 고용보장이 밑바탕이 되어야 한다. 유명선수에게는 고용이 보장되지만, 그렇지 못한 2군이나 신고선수의 경우는 고용이 불완전하기에 운동을 중단해야 하는 위기를 맞이할 수 있다. 초등학교부터 해왔던 운동을 갑자기 중단하게 되면 선수들은 무엇을 해야 하는지 혼란에 빠지고 정체성이 상실되고, 자존감이 떨어져 자립하지 못한다.

문화체육관광부(장관 박양우, 이하 문체부)는 코로나19 확산으로 어려움을 겪고 있는 스포츠업계의 경영 애로를 해소하기 위해 스포츠 기업 융자 확대 등 약 400억 원 규모의 추가 지원 대책을 시행한다. 문체부는 지난 3월부터 스포츠 기업이 코로나19 피해를 극복할 수 있도록 500억 원 규모의 특별 융자를 시행하였다. 스포츠 기업 지원사업 대상으로 피해기업을 우선 선발하였다. 체육 분야 실습 사원제(인턴십) 지원(15개 피해기업 선정, 실습생 1인당 월 125만 원), 스포츠 선도기업 지원사업(2개 기업 선정, 기업당 매년 2억 8천만 원, 최대 3년간 지원) 등이다. 코로나19 통합 상담창구 운영, 민간체육시설 방역물품 지원(1,500개소) 등 지원정책을 시행하고 있다.[50]

그뿐만 아니라 생활 체육 분야에서 혁신이 요구된다. 생활체육 지원사업 확대를 통한 직접 일자리 창출도 이루어져야 한다. 여기에는 생활스포츠지도사 배치 확대, 국민체력인증센

---

50) 문화체육관광부, 2020.

터 및 공공스포츠클럽 확대 설치 등이 있다. 이들 사업은 신규 일자리를 곧바로 창출하는 사업으로 현시기 스포츠계에서는 매우 유효하고 절실한 사업이다. 생활스포츠지도사 배치 확대와 관련해서 정부는 2020년까지 3,226명을 일선 시군구에 배치할 계획이 있는데, 이 숫자에 더하여 스포츠계 청년 실업 긴급구제로 최소 4,000명 수준으로 확대가 필요하다. 소요 비용은 각종 국내외 대회의 중단에 따른 지원금을 한시적으로 전용한다면 신규 재원 마련의 숙제도 고민할 필요가 없을 것이다.[51]

---

51) 성문정, 2020.

3) 새로운 표준(New Normal)

코로나19 이후의 새로운 표준이 필요하다. 코로나19 이전과 이후는 분명 차이가 있다. 이전으로 다시 돌아갈 수 없다는 것이 학자들의 일치된 주장이다. 이전의 표준에서 벗어나지 못하면 새로운 세상을 받아들이지 못한다. 바꾼 세상에 맞는 새로운 표준을 만드는 것이 빠른 적응을 위해서도 필요하다. 초연결 사회에서 우리가 생존할 수 있는 방식은 포노 사피엔스가 되는 것이다. 포노는 스마트폰을 의미한다. 스마트폰에서 모든 일이 처리 가능하다. 은행 일에서 학교 온라인 수업까지 모든 일이 온라인 공간, 스마트폰으로 가능하다, 편리한 기능만 이해하고 있다면 손안에서 모든 업무를 처리할 수 있다. 코로나19 이후의 삶에서 인간이 선택할 수 있는 문화는 언택트 문화이다.

생존이 높은 일을 선택하는 인간의 DNA는 코로나19 사태로 결국 비접촉 문화를 본격화할 것이다. 그것이 바로 4차 산업혁명이 가속 페달을 밟게 되는 이유다. 결과는 포노 사피엔스 문명으로의 전환이다. 온라인을 통한 초연결 사회에서 포노 사피엔스는 영역과 경계 없이 만난다. 팬데믹 쇼크에서도 살아남아 그 안에서 더 넓은 관계를 형성하는 포노 사피엔스가 몰려올 것이다.[52]

디지털 스포츠활동의 증가다. 이제 모든 것은 스마트폰으로 통한다. 밖으로 나가서 운동했던 과거와 달리 이제 모든 운동이 스마트폰을 통해서 편하게 이루어진다. 개인 트레이너와 직접 만나지 않아도 문자나 SNS 영상을 보고 운동할 수 있다. 일부 지자체나 스포츠센터 등은 On-line, 유튜브 개설로 디지털 스포츠 교실을 운영하고 있다.[53]

---

52) 최재붕, 2020.

세계 프로스포츠 인기를 양분하는 북미 지역과 유럽에선 미국프로야구(MLB) 미국풋볼리그(NFL) 미국프로농구(NBA) 등 인기 프로스포츠와 유럽프로축구 5대 리그 등이 모조리 중단되며 때아닌 스포츠 불모의 시대를 살고 있다. 미국 보스턴 지역지인 '프로비던스 저널'은 메이저리그 개막에 관해 얘기하면서 "스포츠가 다시 게임과 재미를 즐길 수 있을 때 보여줄 뉴노멀은 어떤 모습일까?" 라는 질문을 던졌고, 영국 생활체육 기관인 스포트 잉글랜드의 최고경영자 팀 홀링스워스도 스포츠의 뉴노멀과 관련해 "정부의 사회적 거리 두기를 따르되 건강을 유지하는 데 도움이 되는 수백 가지 옵션을 활용해야 한다" 라며 "지역사회에서 스포츠와 신체 활동의 필요성에 대한 중대한 변화를 보게 될 것" 이라고 얘기했다. 또 코로나19로 인해 경기 일정은 물론 선수 수급

---

53) 김도균, 2020.

에도 어려움을 겪게 된 미국대학스포츠협회 (NCAA)도 "뉴노멀에 적응해야 한다"라며 이 메일과 트위터, 페이스타임(영상통화) 및 화상 회의 등을 통해 선수를 선발하는 방식을 확대하는 중이다.[54]

비대면 스포츠 활성화를 위한 토대가 마련되어야 한다. 코로나19 확산사태로 '언택트 (비대면) 경제'가 주목받고 있다. 재화나 서비스를 이용하는 과정에서 다른 사람과의 접촉을 최소화하는 것이다. 직접 대면이 아닌 비대면을 통하여 운동 지도가 이루어지고, 무관중으로 대회가 개최되고 오프라인 매장을 찾는 대신 온라인으로 구매하는 행위가 대표적이다. 대전시체육회 스포츠과학센터는 코로나19 여파로 힘겹게 개인 훈련을 소화하는 선수들을 위해 "홈 훈련 유튜브(Youtube)"를 개설했다. 지역 내 엘리트 선수의 개인 훈련에

---

54) 중앙일보, 2020. 4. 17.

도움을 주고자 유튜브 채널을 이용한 온라인 홈 훈련 운동 교실 운영을 통해 코로나 시대 이후의 스포츠활동을 전개하고 있다.[55)]

뉴노멀 시대(새로운 표준)에 회복의 키워드는 성장보다는 지속, 결과보다는 과정, 모방보다는 창조, 소유보다는 공유와 같은 비즈니스의 정립이다. 우리는 이번 사태를 통해 국가나 사회 개인의 새로운 지향점이 바뀌어 가고 있다는 것을 확인할 수 있다. 고용주와 직원들이 하나가 되고, 개인과 기업, 국가와 국민이 혼연일체가 될 때 대한민국의 회복 탄력성은 더욱 커질 수 있다. 빨리 회복하는 것도 중요하지만 제대로 회복하는 것이 더 중요하다.[56)]

장기적으로 비대면 시설·지도·프로그램의 선호현상 확대로 나타날 것이다. 즉, 집과 사무실 등 개인 공간, 소규모 또는 1인 시설, 가상

---

55) 김도균, 2020.
56) 김도균, 2020.

스포츠체험 공간 등이 생겨나고, 다중이용시설에서의 오프라인 지도보다는 동영상 또는 온라인 훈련 프로그램 제공 등을 통한 비대면 지도가 확산할 것이다. 나아가 전문체육 분야에서도 종목별, 개인별 훈련을 위한 프로그램 콘텐츠 개발과 보급이 활성화될 것이다. 그러나 이러한 흐름의 반면에는 비대면 서비스에 대한 접근성이 낮은 고령자, 장애인, 저소득층 등 '언택트 디바이드(untact divide)' 출현 즉, 비대면 취약계층의 출현도 나타나 이에 대한 정책 마련의 목소리가 커질 가능성도 있다.[57]

---

57) 성문정, 2020.

4) 비대면 신체 활동 강화시스템 구축

스포츠의 마법과 같은 매력은 뜨거운 열정과 엄격한 규정이 병존하는 데서 나온다. 이로써 옛날 사람들이 사냥에서 느꼈던 것을 현대인들은 스포츠 경기에서 체험한다는 명제를 재확인할 수 있다.58) 그렇다면 어떻게 비대면 상황에서 스포츠의 마력을 체험할 수 있을까. 이 같은 문제는 스포츠의 미래에 영향을 행사할 것이다. 온라인 공간에서 펼쳐지는 e스포츠가 관심을 받는 이유 또한 비대면이 가능하기 때문이다.

스포츠가 우리에게 주는 마력의 힘은 삶의 긍정과 활력을 가져다준다는 데 있다. 이외에도 많은 부분에서 스포츠는 긍정적으로 이바지한다고 하겠다. 대표적인 스포츠의 마력은

---

58) 윤종석, 나유신, 이진 역, 2019, 201쪽.

삶의 긍정과 활력이다. 지금처럼 비대면 상황
에서 우울증 환자가 급증하는 이유는 신체 활
동 욕구를 차단하기 때문이다. 신체 활동이 정
상적으로 행해진다면 스트레스도 사라지고 긍
정적인 마음을 갖고 긍정적으로 살아갈 수 있
다. 이 같은 주장은 인간의 신체 활동 욕구는
신체 활동 그 자체에서 정화하는 기능을 한다
는 것에서 나온 것이다. 이것은 감정을 정화하
는 카타르시스가 일어난다는 것이다. 하지만
현실은 만남 자체를 경계하고 있기에 우울증
이 증가하고 있다.

인간은 사회적 동물이기 때문에 만나서 수
다를 떨고 같이 신체 활동을 하면서 관계를
돈독하게 할 수 있다. 일종의 스킨십이라는 것
이 있다. 신체 활동은 접촉하면서 보이지 않는
정이 쌓이고 서로를 신뢰하게 된다는 것이다.
하지만 현재 코로나19는 비대면을 강조하기
때문에 만남을 금지하고 집단적인 신체 활동

을 하지 못하고 있기에 우울증이 나타날 수밖에 없다. 떠들고, 노는 과정에서 우울한 감정은 사라지고 맑은 정신을 가질 수 있다.

비대면과 사회적 거리 두기 운동이 지속해서 행해진다면, 체육계는 이에 대한 대안을 제시하여야 한다. 체육과 스포츠의 특성상 접촉과 함께 신체 활동을 한다는 특성으로 인하여 정부에서부터 방침이 내려왔고, 그 결과 스포츠산업이 위축되고 위기가 왔다. 헬스장에서 확진자가 발생했기에 정부 정책을 거부할 수도 없다. 작은 종교기관이 주일 예배를 할 수밖에 없는 것은 성직자의 생존과도 직결되기 때문이다.

헌금에 의존해서 소규모 종교시설이 운영되는데 자금줄이 끊긴다면, 소규모 종교시설을 유지하기 어렵다. 또한, 운영자 역시 실업의 위기에 놓이게 된다. 거리 두기를 실행하기 위해서는 잠정적으로 스포츠시설을 폐쇄하는 것이 현실적 입장이다. 하지만 코로나19가 장기간 지속된다면, 이를 해결할 방안이 필요하다. 즉, 비대면 체육활동 강화시스템을 구축하는 것이 현실적인 방안이다.

코로나19로 각종 비대면 디지털 서비스가 급부상한 가운데 스포츠 테크가 주목받고 있다. 코로나19가 확산하며 수만 명 이상의 관중이 몰리는 축구와 야구 같은 스포츠 경기가 취소돼, 경기를 직접 볼 수 기회가 줄어들었기 때문이다. 기존 스포츠팬들이 대면 접촉 없이도 스포츠를 즐길 수 있도록, 많은 스포츠가 기술을 접목한 디지털 기반 서비스로 전환될 것이라는 전망이 나온다.[59]

정부에서는 스포츠 관련 영상 및 기타 콘텐츠를 통합적으로 제공하는 시스템을 구축 및 운영하여 비대면 체육활동 참여 시에도 양질

---

59)https://www.ajunews.com/view/2020042905442
5887

의 지도 서비스 향유가 가능하도록 전문성이 담보된 다양한 콘텐츠 발굴 및 제작 지원정책을 추진해야 한다. 즉, 온라인 비대면 콘텐츠 접근이 어려운 고령층 등을 대상으로 자가 체력관리 방법, 운동수칙 등을 보급하고, 학교 및 공공 체육시설 등 비대면 취약계층의 접근성이 좋은 장소에 가상현실 스포츠체험 공간 설치를 확대하여 비대면 취약계층을 위한 사각지대 해소에도 적극적으로 노력해야 한다. 이와 더불어 코로나19 이후 변화하는 스포츠 패러다임에 맞추어 스포츠 분야 비대면 기술(UT) 연구개발지원, 스포츠산업의 비대면 시장 확대를 위해 상품과 서비스 생산자와 소비자를 연결하는 '비대면 유통 시스템' 구축, 스포츠 1인 미디어 시장 활성화를 위한 스포츠 1인 미디어 창작자 발굴 및 창업지원 등을 위한 비대면 스포츠 생태계 조성에도 힘써야 한다.[60]

---

60) 성문정, 2020.

스포츠와 IT가 접목한 다양한 사례도 등장했다. 국내 스타트업 비프로일레븐은 축구선수의 움직임을 포착해 데이터로 변환하는 AI를 개발했다. 점유율과 공격 전개의 방향 등 팀 기록을 포함해 선수 개인의 슈팅 수, 정확도 등을 기록했다. 지난해 기준 유럽 메이저리그 팀 15여 곳을 포함해 세계 213개 축구팀을 고객으로 두고 있다. 시간과 공간의 제약 없이 운동을 즐길 수 있도록 돕는 웨어러블 기기나 운동 데이터 관리 앱도 스포츠 테크에 포함된다. 엠투미라는 VR 운동기구 업체가 만든 IoT 센서는 기존 실내 운동기구에 붙이면 이용자 운동 기록이 데이터로 저장된다. 이용자 신체 상태에 맞는 운동을 추천해주거나 운동 효과 등을 분석하는 데 활용된다. [61]

---

61)https://www.ajunews.com/view/2020042905442
5887

제6장. 코로나19 이후의
체육인의 삶

코로나 이후의 체육인의 삶은 어떻게 변해야 하는가? 코로나19 이전과 같은 체육인의 삶은 더 필요하지 않다. 새로운 삶의 자세가 요청된다. 새로운 표준이 마련되는데 그것에 적응하지 못하면 도태되어 버린다. 지금처럼 스포츠 폭력이 만연하고 있다면 대한민국 어느 부모도 자식을 운동선수로 만들지 않을 것이다. 폭력으로 선수를 지도하는 모습에서 지도자에 대한 불신만이 커진다. 코로나19 이후의 체육인의 삶이 변화되어야 한다. 그 변화된 삶을 다음과 같이 정리하였다. 초연한 삶, 주체적 삶, 도덕적 삶, 창의적 삶 등이다.

1. 초연한 삶

초연한 삶은 하이데거의 Gelassenheit를 번역한 용어이다. 이 용어의 상대어는 gestell이며 우리말로 닦달이라고 한다. 무엇인가를 캐어내기 위하여 선수를 몰아세워 닦달하는 것이다. 닦달은 착취와 억압, 그리고 규제와 연계되는 단어이다. 스포츠 4대 악은 닦달 때문에 발생한다. 닦달은 현대기술의 본질이다. 선수도 기계처럼 인식한다. 닦달해도 기록이나 승리할 수 없을 때 선수는 퇴출당하거나 중도탈락, 대중의 관심에서 멀어진다. 코로나19 이후 비대면이 증가하며 운동선수들은 연습, 대회 등이 중단되어 운동할 곳이 사라져 실업자가 될 개연성이 높다. 이를 극복할 방법은 초연한 삶의 태도에서 찾을 수 있다.

초연한 삶은 내버려 두는 것이다. 내버려 둔다는 것을 방관하거나 포기하는 것이 아니다. 있는 그대로의 능력을 인정하고 그것이 제대로 발현될 수 있도록 하는 것이다. 공부를 잘하는 학생은 공부하라고 닦달하지 않아도 알아서 제대로 공부를 한다. 잘하지 못하는 학생은 닦달해도 공부를 못하는 것과 같다. 스포츠에서도 선수들의 능력을 있는 그대로 수용하고 제대로 할 수 있도록 기회를 만들어 주는 것이 좋다. 강압적으로 운동을 강요할 때 거부 반응이 발생할 수 있다.

강압적인 훈련은 도리어 선수의 반발을 사, 선수가 제대로 훈련하지 않을 수 있다. 따라서 코로나19 이후의 삶에서 우리에게 필요한 것은 있는 그대로 인정하며 승리, 기록, 결과를 초월한 초연한 삶을 유지하는 것이다. 초연한 삶을 그냥 스포츠를 즐기는 것이다. 강제로 운동을 하면 운동은 지루할 수 있다. 하지만 초연한 삶의 태도로 운동을 하면 지루함은 없고 새로운 것에 도전하는 즐거움을 만날 수 있다.

초연한 삶은 기록, 결과, 승리에 초월할 수 있다. 우리가 스트레스를 받는 것은 앞에서 언급한 세 가지를 포기하지 못하고 집착하기 때문이다. 과도한 집착은 스트레스에서 벗어나지 못하도록 한다. 우리는 살면서 게임에 과몰입하여 승부의 결과에 승복하지 못하고 억지를 부리는 사람을 만날 수 있다. 이런 부류의 사람은 자신이 꼭 이겨야 경기를 끝내는 사람이다. 그렇게 되면 경기를 하는 사람이 힘이 든다. 결과에 승복할 수 있어야 서로에게 즐거움으로 다가온다. 물론 때로는 집착이 필요하지만, 실력에 의해서 결과가 다르게 나타날 수 있다. 과정에서 최선을 다하고 그 결과를 받아들이는 태도가 요구된다.

우리가 운동할 때 스트레스를 받는 것은 경쟁에서 승리하고 기록을 내고 우승이라는 결과만을 추구하기 때문이다. 내가 할 수 있는 한 최선을 다하여 경기에 참여하며 그 결과에 초연하게 될 때 스트레스를 받지 않는다. 상대와의 경쟁에서 패했다면 자신의 부족한 점을 찾아서 보충하면 된다. 다음에 상대와 경쟁에서 승리하면 되는 것이다. 억지로 운동해서 좋은 기록을 내기는 어렵다.

또 하나 우리가 고려해야 할 것은 시합에서 내가 최선을 다하지 않으면 시합은 재미가 없고 시합이 성립되지 않는다는 것이다. 대표적인 경우가 e스포츠에서 같이 팀을 구성하고 경기를 진행하고 있는데 한 선수가 졌다고 생각해서 최선을 다하지 않고 대충한다면 그 경기는 재미가 사라지고 만다. 선수는 패배할 수 있지만, 패배 의식에 빠져서 게임을 포기해서는 안 된다. 자신이 할 수 있는 한 최선을 다해야 경기로서 존재한다. 따라서 우리는 경기에 최선을 다하여야 한다. 그 결과, 기록, 승리를 초월하여 초연한 삶을 살아가는 것이 코로나19 이후 우리가 선택할 수 있는 삶이다.

2. 주체적 삶

주체적 삶은 자신의 인생은 자신이 선택해서 자신이 살아가는 것이라는 인식을 하고 사는 것이다. 자신의 인생은 자신이 사는 것이지 타인이 살아주는 것이 아니다. 주인 의식을 가지고 모든 결정에 자기 스스로 판단하고 결정하는 것이다. 자신의 결정권에 누군가 개입하고 그 개입 때문에 자신의 결정권이 사라지면 그것은 주체적 삶이 아니라 타율적 삶이다.

인간은 자유의지에 따라서 자유롭게 선택하고 살아갈 수 있다. 하지만 현실은 여러 가지 외압에 의해서 독자적인 판단을 하지 못하고 외부 권력에 의해서 타율적으로 움직이는 일이 있다. 예를 들어 금권에 의해서 움직여지는 경우가 대표적이다. 외부의 경제적 압력으로 독자적인 판단과 행동을 하지 못하는 것을 말한다.

그런데도 우리는 스스로 판단하여 무엇인가를 해결하려고 하지 않는다. 누군가에 의존해서 아니면 도움을 받아서 해결하려는 경향이 강하다. 자신의 문제는 자신이 해결하는 것이 주인 의식을 가지고 사는 주체적 삶의 모습이다. 우리는 주체성이라는 말을 너무나 많이 듣고 살아왔다. 주체성 있는 민족, 주체성을 가져야 한다는 등 다양한 얘기를 듣고 잘랐다.

그렇다면 주체적 삶이란 무엇인가. 간단하게 정리한다면, 내 인생의 주인이라는 의식이다. 선수들은 타율적 삶에 길들여있다. 이러한 인식은 지도자의 명령에 복종하며 시키는 훈련만을 반복해서 해왔기 때문이다. 지도자의 지시를 불복종하거나 회피할 수 없는 것이 선수들이다. 왜냐하면, 오랫동안 부모님과 헤어져 합숙소에서 생활해야 하기 때문이다. 그렇게 운동선수들은 복종해 왔기 때문이다. 일종의 군대 생활과 비슷하다고 보면 된다.

선수들은 대개 지도자의 눈치만 본다. 지도자의 의도를 파악하지 못하면 훈련이 힘들고 벌을 받을 수 있기 때문이다. 따라서 시키는 훈련만 하면 된다는 생각이 강하다. 그 결과 스스로 훈련하지 않는다. 특히 프로선수의 경우 몸값은 자신의 실력에 의해서 결정된다. 그러므로 늘 운동하고 몸을 관리해야 한다. 하지만 혼자서 훈련하지 못한다. 코로나19 이후는 이전보다 달라야 한다. 선수들이 자율훈련을 할 수 있어야 한다. 누가 시켜서 하는 타율적 훈련, 삶이 아니라 알아서 훈련하는 자율적 삶을 사는 것이다.

주도적이며 주체적이지 못한 경우가 많다. 팀 훈련을 받는다는 것은 개인의 개성을 발휘하지 못하고 절제한다는 것이다. 튀지 못하는 경우가 많다. 따라서 남이 하는 대로 따라 하는 경우가 일반적이다. 훈련해도 팀 훈련에 따라 하기에 자신의 능력을 개발하는 훈련을 하지 못한다. 따라서 타인에 의해서 놀아나는 것이 아니라 주도적으로 알아서 선택하고 판단하는 삶을 살아야 한다. 코로나19 이후 다양한 삶의 변화에서 자신의 문제는 자신이 알아서 해결할 수 있어야 한다.

누구도 내 삶을 대신 살아주지 않는다. 자기 스스로 해결하는 적극적인 삶이 필요하다. 훈련 프로그램 등 자신이 주도적으로 참여하여 함께 작성하고 훈련할 수 있어야 한다. 누군가 대신해주지 않는다. 자신이 알아서 훈련 일정을 짜고 만남의 경우는 자신이 주도적으로 알아서 해결해야 한다. 누가 대신해주지 않는다. 자신의 문제는 자신이 해결할 수 있도록 훈련이 필요하다.

스스로 자신의 문제를 해결하여야 한다. 누군가에 의존해서 도움을 요청하지 말아야 한다. 자신의 인생을 누군가 대신 살아줄 수 있는 것이 아니다. 살아줄 수 있다고 해도 그것은 내 삶이 아니라 그 사람의 삶이기 때문이다. 따라서 자신에게 발생한 모든 문제를 스스로 해결하는 습관이 형성되어야 한다.

3. 도덕적 삶

코로나19 이후에 체육인의 삶에서 요구되는 덕목은 도덕적 삶이다. 코로나와 도덕적 삶과는 관련성이 없어 보일 수 있다. 하지만 깊이 생각해 보면 관련성을 찾을 수 있다. 비대면 스포츠에서 우리가 상대를 신뢰할 수 있는 것은 상대의 도덕성뿐이다. 지도자와 동료 선수를 믿을 수 있는 것은 도덕성 외에는 찾을 수 없다. 서로 신뢰할 수 있기에 같은 공간에서 함께 연습하고 시합할 수 있다. 만약 코로나19에 감염된 선수가 자신의 감염 사실을 속이고 동료와 함께 연습했다면 그것은 선수들에게 충격적인 일이다. 서로를 신뢰한다는 것은 서로 믿는다는 것이고, 믿음의 근거는 도덕성에서 시작된다.

최근 고 최숙현 선수와 관련하여 우리가 알고 있어야 하는 사실은 선수가 자살할 수밖에 없었다는 사실이다. 선수가 자살하는 것은 자신의 문제를 스스로 해결할 수 없다는 확신이 들었기 때문이다. 자살은 절망에 끝에서 만나는 것이다. 무엇이 선수를 절망에 빠트렸는가를 아는 것이 중요하다. 최숙현 선수는 지도자들의 폭행 문제를 경찰서, 경주시, 대한체육회 스포츠인권위원회 등 국가 기관에 도움을 요청했지만, 그 어떤 단체도 도움의 손길을 주지 않았다. 그 결과 선수는 절망할 수밖에 없었다. 지옥과 같은 곳에서 자신을 구해 줄 수 있는 것이 아무것도 없었다는 것에 선수는 절망에 빠질 수밖에 없었다. 그래서 자살이 아닌 타살이라고 말할 수 있는 것이다.

　그동안 선수를 위한다는 그 많은 기관은 선수를 보호하지 못하였다. 선수를 보호한다고 큰소리만 내며 만든 안전장치들이 제 기능을 하지 못했다. 보여주고 생색내기 위한 위장용 인권 기관들이라고 할 수 있다. 이러한 기관은 있으나 마나 한 무용지물이다. 이외에도 선수에게 도움을 줄 수 있는 사람은 없었다. 모두가 방관했고 심지어는 선수를 조소하였다. 선수는 억울함을 호소할 방법으로 자살을 선택하여 알리는 수밖에 없다고 생각한 것이다. 선수가 택할 수 있는 최후의 방법이 자살이었다.

이것은 엄연히 타살이다. 선수를 죽음으로 내몰 것은 대한체육회, 경주시, 경찰서 등 모두가 공범이다. 관련자를 문책하고 직책을 박탈하여 안일함에 경종을 울리고, 같이 일이 반복하면 직업을 잃을 수 있고 구속된다는 것을 보여주어야 한다. 약한 처벌은 법을 우습게 생각하고 재발할 수 있다. 심석희 성폭력 사건이 발생했을 때 대한체육회는 같은 일이 발생하지 않기 위해 노력한다고 했다. 하지만 현실은 같이 일이 발생하였다. 그렇다면 대한체육회는 그동안 무슨 일을 했냐고 물을 수 있다. 같은 일이 해결되지 않고 반복하는 이유는 제도의 문제이며 사람의 문제이기도 하다.

도덕적 삶은 어렵지 않다. 유치원 시절 배운 것만 실천해도 도덕적 삶을 사는 데 문제가 없다. 지도자의 품격은 말과 행동을 통해 형성된다. 지도자는 먼저 선수를 존중해야 한다. 존중은 타인을 인정하고 손님처럼 타인을 환대하는 것이다. 이를 위하여 선수를 하대하거나 함부로 대해서는 안 된다. 존칭어를 쓰는 것을 생활해야 한다. 반말이나 욕설을 사용하지 않는 습관이 일차적으로 필요하고, 이후에 선수를 존중하는 태도는 자연스럽게 체득되어진다.

선수는 관리의 대상이 아니라 돌봄의 대상이라는 인식으로 전환할 필요가 있다. 선수는 다치지 않고 경기만 잘하면 된다고 생각할 수 있다. 하지만 선수도 의식이 있는 존재이기에 다양한 문제가 있다. 그 문제는 선수가 해결해야 할 고민이다. 부모의 마음처럼 선수를 대한다면 폭력은 발생하지 않는다. 욕하지 않고, 때리지 않고 훈련하는 것이 당연한 훈련방식이 되어야 한다. 선수는 노예가 아니다. 험하게 대할 수 있는 그런 존재도 아니다. 손님처럼, 하느님처럼 귀하게 대접해야 할 분이다.

4. 창의적 삶

창의적 삶이란 독창적으로 사는 것이다. 창의적인 삶과 스포츠와 연관이 없어 보인다. 창의적인 것은 비대면 사회에서 기업이나 창업에서 가능한 것으로 생각할 수 있다. 창의적인 것은 연구, 교육, 평가 등 여러 분야에서 최고의 가치를 가진다. 연구에서도 창의적인 논문이 독창성을 갖고 최고의 논문이 될 수 있다. 남들이 다하는 주제를 갖고 유사한 논문을 쓰는 것은 논문 쓰기 연습에 도움이 될 수 있지만, 독창적인 학문을 하는 데 아무런 도움이 되지 못한다. 하지만 잘 살펴보면 창의적 삶은 체육적 삶과 관련성이 높다는 것을 알 수 있다. 왜냐하면, 스포츠야말로 창의적인 플레이가 필요한 부분이기 때문이다. 창의적이지 못할 때 좋은 결과를 얻기가 어렵다.

그렇다면 창의적 삶이란 무엇인가. 일종의 다르게 생각하고 다르게 행동하는 것이다. 선수가 기술을 배울 때, 하나의 기술을 배우고 끝나는 것이 아니라 그것을 응용하여 자신의 기술로 만드는 것이다. 하나의 기술을 응용하여 다양한 기술과 자신만의 기술로 만드는 선수가 창의적인 선수다. 스포츠에서 승리는 똑같은 것을 반복해서 익숙하게 하는 데서 도움을 얻을 수 있지만, 그것보다는 상대 선수나 팀과 다른 전략과 전술 아니면 기술을 발휘하는 데서 얻을 수 있다. 기존과 똑같은 방법으로 해서는 기존보다 진보한 것을 얻지 못한다. 방법이 달라야 차이가 난다.

스포츠 역사에서 창의적 플레이로 자신의 명성을 얻은 선수들이 있다. 어떤 특정한 선수를 생각하면 그 선수의 창의적 플레이가 연상된다. 창의적 선수의 대표적인 선수가 미국 프로농구(NBA) LA 레이커스의 카림 알 둘 자바라는 선수가 있었다. 그는 큰 키를 이용하여 한발을 축으로 회전하여 슛하는 스카이 훅 슛을 개발했다. 이것은 자바의 전매특허였다. 체조의 경우 양학선 선수만이 가능한 양학선 기술들이 존재하는 것과 같다. 자신의 능력과 그것을 활용할 수 있는 기술 개발은 창의적 삶이며, 창의적 경기를 하는 것이다.

외국 선수와 감독들이 한국 축구를 보면 로봇 축구를 한다고 비판한 적이 있다. 왜냐하면, 선수들은 감독의 눈치만 보고 자신들이 알아서 플레이하지 못하기 때문이다. 경기장에서 뛰는 선수는 감독이 아니라 자신들임에도 불구하고 알아서 창의적으로 경기를 하지 못한다는 것이다. 창의적 플레이를 하면 너무 튄다고 비난을 하면 감독에서 혼을 나는 경우가 자주 있기 때문이다.

선수 중 자신의 신체에 절망하는 것이 아니라 자신의 신체를 받아들이고 신체적 한계를 극복하고 자신만의 플레이를 하는 선수들이 있다. 우리나라 농구의 전설 이충희 선수는 선수 시절 농구선수로는 작은 키에 절망하지 않고 훈련을 통하여 장신 선수의 블로킹을 피해 슛을 쏠 수 있는 독특한 농구 슛 자세를 개발했다. 공중에서 허리를 제치고 쏘는 이충희 선수만의 자세를 개발한 것이다. 이것은 선수의 창의적 삶과 플레이의 대표적이다.

1968년 멕시코 올림픽 높이뛰기 경기에서 처음 보는 자세로 높이뛰기를 하는 선수가 등장했다. 익숙하지 않은 동작으로 바를 넘었지만, 그 선수의 기록은 올림픽 신기록이라는 기록을 보여주었다. 그 당시 높이뛰기는 수평으로 바를 넘는 것이 일반적이었다. 하지만 미국 선수는 등 뒤로 바를 넘는 지금까지와는 반대의 자세로 기록을 세우고 우승하였다. 이 선수가 우승하기 전에는 가위뛰기, 수평뛰기가 높이뛰기의 정석이었다면 이 선수가 등장한 후에는 배면뛰기가 정석이 되었다.

제7장. 결론

  지금까지 코로나19 이후 스포츠에 대하여
알아보았다. 코로나19를 극복하고 국내 스포츠
의 정상화를 추진해야 한다. 이를 위하여 우리
는 코로나19 이전과 이후의 변화를 수용하고
대응해야 한다. 갑자기 맞이한 코로나19에 절
망할 필요는 없다. 지금까지 인류는 크고 작은
전염병과 맞서 싸워 승리한 역사가 있다.

  생각만 하고 실천하지 않으면 달라지는 것
이 없다. 이것이 역사적 진실이다. 절망하거나
낙담하여 좌절 말아야 한다. 행동으로 실천하
지 못하면, 변화가 없다. 실천해야 달라질 수
있다. 코로나19 이전과 이후는 분명히 바뀌었

다. 이전만을 고수하면 변화를 수용하지 못한다. 정체되거나 사멸된다. 그리고 코로나19 이후의 삶을 위한 준비를 하지 못한다. 현재는 미래를 위한 준비 기간이다. 미래에 무엇을 할 것인가를 고민해야 한다. 고민이 필요하지만, 고민만 하지 말고 실천에 옮겨야 살 수 있다.

코로나19를 극복하지 못하면 인류가 전멸할 수도 있다. 이 같은 생각은 우려에 불과하다. 하지만 현명한 대처가 필요하다. 선진국이라고 하는 미국과 유럽연합의 국가들은 코로나19를 대처하는 데 있어서 당황해하고 대처하지 못하는 모습을 보여 왔다. 다행하게도 대한민국은 코로나19에 당황하지 않고 질병관리본부를 중심으로 확진자를 파악하고 관리하는 체제로 위기를 대처하고 있다.

우선, 우리에게 필요한 것은 코로나19로 위축하지 말로 변화를 빠르게 인식하고 인식의 전환하는 일이다. 이러한 맥락에서 경제학자

홍기빈(2020)은 다섯 가지의 변화를 주문하고 있다. "첫째, 가장 시급한 것은 사회적 방역이다. 취약한 이들을 찾아내어 사회적 지원 역량을 집중하고, 이를 통해 시간을 벌어 이후, 보건, 노동시장, 사회정책 등 보다 중장기적인 사회 변화를 만들어나가야 한다, 둘째, 사회의 산업과 경제의 조직을 오로지 시장 기구에만 맡겨야 한다는 기존 사고방식에서 탈피해야 한다. 셋째, 기존의 지구화/도시화의 방법에 대해서 근본적으로 성찰하고 대안적인 방법을 모색해야 한다. 넷째, 훨씬 포용적이면서도 효율적인 민주주의가 나타나야 한다. 다섯째, 인간이 자연을 대하는 방식에 있어서 근본적인 성찰이 필요하다."

이러한 코로나19 이후의 변화에 대응하는 전략을 실천하는 것이 우리에게 필요하다. 스포츠 역시 비대면과 밀집 지역에서의 행사를 금지하는 상황에서 우리가 할 수 있는 대안을 찾아내는 것이 중요하다. 기존의 스포츠 응원과 관람방식에서 온라인 응원과 관람형식으로 변화를 기대할 수 있다. 또한, 스포츠는 하나의 소비재라는 인식이 급증하면서 미디어를 통하여 소비되는 것으로 변화하였다. 이외에도 스포츠를 하는 태도가 중요하다. 어떤 자세로 스포츠를 하느냐에 따라서 스포츠의 품격의 차이가 드러난다.

우리에게 아주 낯선 장면이 있다. 마스크를 쓰고, 사회적 거리 두기가 일상의 모습으로 자리 잡고 있다. 이전에는 생각하지 못한 일상의 모습이 어색하지 않고 당연한 것으로 받아들이고 있다. 대중교통을 이용할 때 마스크 착용이 의무가 되었다. 마스크를 쓰지 않는 것은 이제는 어색한 일이다. 사람은 환경에 빠르게 적응한다. 처음에는 어색하지만 생존하기 위한 적응은 빠르다. 비대면이 늘어나고 사회적 거리 두기가 활성화되는 상태에서 스포츠는 비대면 스포츠의 활성화 방안을 찾아야 한다.

프로스포츠뿐만 아니라 학원 스포츠 역시 패러다임의 변화를 모색해야 한다. 함께 살아가기, 건강과 안전을 우선 가치로 설정하고, 디지털 문명에서 우리는 어떻게 살아야 하는가를 숙고할 필요가 있다. 비대면 스포츠, e스포츠의 확산이 되고 있다. 온라인 가상공간에서 팀을 구성하여 함께 스포츠를 할 수 있다. e스포츠는 통합체육에서도 활용 가능성이 크다. 장애학생과 비장애 학생이 온라인 공간에서 함께 할 수 있다는 점에서 장애 학생에게는 공정한 기회라고 할 수 있다.

세상이 변하면 스포츠도 변화해야 한다. 변화 없이 생존하기만을 바라는 것은 잘못된 것이다. 세상이 변화하고 있는데 이를 거부하고 적응하지 못하면 스포츠는 사라지고 만다. 새로운 환경과 새로운 매체에 적응하여야 한다. 온라인과 가상공간에서 소비되는 스포츠에 관한 관심을 가지고 다양한 콘텐츠를 개발하는 것 역시 우리가 해야 할 일이다. 비대면 스포츠를 활성화하기 위한 프로그램 개발이나 다양한 방안들을 시도해야 한다.

우리에게 필요한 것은 스포츠를 통해서 얻을 수 있는 감동과 환희이다. 우리에게 스포츠는 무엇인가를 생각한다면 그 답은 명확히 드러난다. 현재 우리는 코로나19를 극복하고 스포츠를 함께 더불어 즐기는 문화를 성취하는 것이다. 강압적으로 스포츠를 발전시키지 못한다. 스포츠는 일상 문화로 자리 잡으면서 생활 속의 스포츠로 우리에게 다가올 것이다. 스포츠를 즐기는 날을 기다리면서 우리에게 필요한 것은 무엇인가를 고민해 보자. 코로나19에 졸지 말고 마음을 다잡고 현재의 도전을 이겨 나가고 미래를 준비하자.

"적정기술이 인류에게 가장 행복한 기술이라는 말이 있죠, 적정한 삶과 적정한 기술, 적정

한 행복감이 어디인지, 그 점근선을 찾아가는
계기가 우리가 이번에 만난 겁니다." 62)

62) 김경일, 2020, 192쪽.

참고문헌

가재산 외(2020). 코로나19 이후의 삶, 그리고 행복: 핸드폰글쓰기코칭협회. 서울: 핸드폰책쓰기코칭협회.

강철(2020). 코로나19 팬더믹 상황에서 메시지는 어떻게 소통되어야 하는가? '격리 중 자기돌봄'과 '감염확산방지를 위한 거리두기'라는 표현을 사용하자!. 철학, 143, 87-109.

권오정(2020). 코로나19에 의한 노인 운동행동 변화 사례 연구. 한국스포츠심리학회지, 31(2), 123-134.

경희대학교(2020). 코로나19 데카메론: 코로나19가 묻고, 의료인문학이 답하다. 서울: 모시는사람들.

김도균(2020). 코로나19가 스포츠산업에 미친 영향

및 전망. 스포츠과학.

김수련 외(2020). 포스트 코로나 사회: 팬더믹의 경
험과 달라진 세계. 서울: 글항아리.

김용섭(2020). 언컨택트.: 더 많은 연결을 위한 새로
운 시대 진화 코드. 서울: 퍼블리온.

김형준(2020). 無경기 시대의 스포츠기자. 관훈저
널, 제155호, 235-242.

경희대학교 인문학연구원 HK+ 통합의료인문학연
구단(2020). 코로나19 데카메론: 코로나19
가 묻고, 의료인문학이 답하다. 서울: 모시
는 사람들.

성문정(2020). 코로나19 시대의 바람직한 스포츠
정책 방향. 스포츠과학. 제151호,

양은석, 이학준(2013). 웰빙과 운동의 이해. 파주:
(주) 한국학술정보.

우석균, 장호중 역(2020). 코로나19, 자본주의의
모순이 낳은 재난. 서울: 책갈피.

유동균, 정수봉, 최승국(2020). 코로나19 현상에
　　　서 온라인 스포츠활동 참여자의 선택속성
　　　차이 분석. 한국스포츠학회. 18(2), 21-32.

이경상(2020). 코로나19 이후의 미래: 카이스트
　　　교수가 바라본 코로나 이후의 변화. 서울:
　　　중원문화.

이낙원(2020). 바이러스와 인간: 코로나19가 지나
　　　간 의료 현장에서의 기록. 서울: 글항아리.

이원재(2020). 코로나19 이후의 글로벌 스포츠 시
　　　스템 그리고 창응력. 스포츠과학. 제151호,

이영선(2020). 코로나19로 인한 학생선수들의 새
　　　로운 지료. 스포츠과학,

이학준(2013). 스포츠로 세상 읽기. 서울: 북스힐.

임승규, 장두석, 양석재, 조관자 외(2020). 포스트
　　　코로나: 우리는 무엇을 준비할 것인가. 서
　　　울: 한빛비즈.

최재천 외(2020). 코로나 사피엔스. 서울: 인플루

엔셜

홍민정, 오문향(2020). 코로나19 확산에 대한 국내 잠재 관광객의 감정 반응 연구: 의미론적 네트워크 분석의 활용. 관광연구, 35(3), 47-65.

홍유진 역(2020). 코로나19: 우리가 알아야 할 사실들. 서울: 열린책들.

한국경제신문 코로나 특별취재팀(2020). 코로나 빅뱅, 뒤바뀐 미래: 코로나 시대에 달라진 삶, 경제, 그리고 투자. 서울: 한국경제신문.

〈신문기사〉

코로나 이후의 세계, 스포츠는 어떻게 변할까? (중앙일보, 2020. 4. 17).

코로나19가 가르쳐준 스포츠의 소중함. (서울대 대학신문, 2020. 5. 24).

코로나19도 e스포츠는 밴(ban)하지 못했다. (한 겨레신문. 2020. 4. 19).

코로나19 극복의 스포츠활동. (한라일보, 2020. 5. 7).

코로나19에 프로스포츠 무관중 개막... 관객입장 단계적 확대. (연합뉴스, 2020. 5. 6).

확진자 '0' K스포츠의 힘. 코로나19 시대 롤 모델로. (한국일보, 2020. 6. 9).

비대면 접촉시대, 스포츠가 사는 법. (공감, 2020. 5. 18).

안기환(2020). 코로나19 이후 주목받는 터키의 e스포츠 시장. Kotra 해외시장뉴스.

김용석(2020). 코로나19 이후 모든 것, 달라졌 다...생태계 속 K스포츠. 뉴스핌(2020, 4.28)

차현아(2020). 스포츠 언택트.,,,스포츠 테크가 뜬 다.(아주경제, 2020. 7. 8)

https://www.ajunews.com/view/20200429054425887

http://www.newspim.com/news/view/202004280001
67

https://news.kotra.or.kr/user/globalBbs/kotranews/
782/globalBbsDataView.do?setIdx=243&dataI
dx=182571

http://www.hani.co.kr/arti/sports/sports_general/94
1096.html#csidx120eb814f8df7d9842530e72
b9a7a1d

http://gonggam.korea.kr/newsView.do?newsI
d=GAJQHIUzwDGJM000

Baraniuk, Chris(2015). rise of the AI sports coach.
New Scientist. 227, 22.

Cha, K. S. (2017). In the 4th Industrial Revolution
era, the direction and role of school sports
to foster future talent. *2017 Korea Sports
Council School Sports Promotion Forum*

Chang, S. W., & Park, K. J. (2017). Fourth Industrial Revolution and Buddhist Economic Morality. *Korean journal of religious education. 54,* 23-39.

Cho, H. J. (2017). Fourth Industrial Revolution and Women's Sports Policy Direction. *Journal of Academic Seminar of the Korea Women's Sports Association.* 31-40.

Choi, K. J., & Kim, B. S. (2017). Current status and problems of collection and use of data concerning health - Focusing on data concerning health generated on wearable device. *Korea Bioethics Association. 18(1),* 1-13.

Choi, M. S. (2017). Study on the Improvement Direction of Liberal Education at the Junior College According to the Age of the Fourth Industrial Revolution. *A cultural study. 11,* 663-702.

Hong, Y. K. (2009). A Study on the Concept of "Arete" as an Aim of Education. *The Korean Journal of Philosophy of Education. 44,* 173-190.

Kang, C. S. (2016). Fourth Industrial Revolution and Policy Process Reform in Korea. *KDI Journal of Economic Policy Journal,* 112-131

Kim, D. K. (2017). A meeting between sports and virtual reality. *International newspaper* (April 27, 2017).

Kim, D. S. (2017). Identity and Role of Elementary Education in the Fourth Industrial. *A study of educational thought, 31(4),* 23-45.

Kim, E. Y. (2018). There is no substance in the fourth industrial revolution. *The Science Time* (March 21, 2018).

Kim, H. C. (2017). *The reality of the fourth industrial revolution.* Seoul: book Lab.

Kim, H. H. (2017). Fourth Industrial Revolution and Digital Ritter Rush Education. *Social research. 32,* 187-214.

Kim, H. H., & Kim, C.. I. (2017). A search for the direction of child education according to the talent awards of the 4th Industrial Revolution. *The Journal of the Korean Academy of Education.* 70-94

Kim, H. S. (2017). Fourth Industrial Revolution and Women's Sports : Labor crisis and the response of women's sports. *Journal of Academic Seminar of the Korea Women's Sports Association.* 81 - 91

Kim, S. B. (2017). The fourth industrial revolution and the role of sports philosophy. *The Korean Sports Philosophy Society Spring Conference.* 18-30.

Kim, S. H. (2014) : If you are interested in robots,

should you do robotics? Hankyoreh newspaper (February 17, 2014)

Kim, S. N. (2017). The Fourth Industrial Revolution and Innovation Direction of Special Education. *The annual conference of the Korea Institute of Integrated Education*, 1-9.

Kim, S. W. (2013). A Study on the History of the Concept "Intellectual, Moral, Physical. *The Korean Society for History of Education. 35(4),* 33-58.

Kim, Y. K. (2017). social trend and sport(1): The fourth industrial revolution and sport. *philosophy of movement 25(4),* 101-115.

Lee, J. S. (1999). The ethical pursuits in sport. *Journal of the research institute of physical education, 20(1),* 11-23.

Lee, J. W. (2017). A Critical Survey on Challengeable Philosophical Issues Induced by Big Data. *A Study on the Urban humanities. 17(3),* 53-63.

Lee, M. S., & Ahn, Y. K. (2009). Arete and Techne of the physical: with Aristotle. *philosophy of movement. 17(3),* 53-63.

Lim, J. H., Yoo, K. H. hoon., & Kim B. C. (2017).An Exploratory Study on the Direction of Education and Teacher Competencies in the 4th Industrial Revolution. *Journal of Korean Education. 44(2),* 5-32.

Martin Heideger (1993). *Technology and conversion.* Lee Ki-sang. Seoul : Seo Kwang-sa.

Na, J. G., & Kim, J. D. (2017). The Critical Review on the 4th Industrial Revolution : In the Perspective of the Institutional thought of Lewis Mumford. *Journal of social science, 56(2),* 389-419.

Oh, I. T. (2017). The fourth revolution and the tasks of education. *The journal of Christian education . 52,* 417-445.

Pan, S. Tak. (2017). Eyes of Humanities Looking at the Industrial Revolution. *The study of modern European philosophy. 46,* 285-312.

Park, C. G. (2017). Will humans be happier with the Fourth Industrial Revolution? *The study of modern European philosophy 46,* 313-348.

Park, S. W. (2017). The meaning of the fourth industrial revolution from the perspective of human 2.0. Trend and prospect : 100, 152-18.

Park, Y. S. (2017). Social Consensus in the Era of the 4th Industrial Revolution and Tasks of Citizenship Education. *Theory and Research in Citizenship Education. 49(4),* 43-62.

Ryu, H. S. (2017) : Is the Fourth Industrial Revolution real? *Weekly Trend* (October 17, 2017).

Schwab, K. (2016). *The fourth industrial revolution, World Economic Form*. Song Kyung Jin trans. Seoul : New Current.

Son, H. C. (2016). *The Future of Homo sapiens : Post Human and Trans Hummernism*. Seoul : Akanet.

Song, H. S. (2017). The convergence of Sports and Technology in the Heidegger Technology Philosophy : *The Korean Sports Philosophy Society Winter Congress Data Book* 56-66

Song, S. S. (2017). Historical Development of Industrial Revolutions and the Place of So called 'the Fourth. *Journal of science technology. 17(2),* 5-40.

Sung, S. G. (2018). When the Korean church is

actively involved in sports, t*he Catholic newspaper* (March 18, 2018).

The Civil Health Promotion Institute (2017). Wasn't there a revolution? An illusion of the Fourth Industrial Revolution. *Pressian* (February 13, 2017).

Yoo, W. K. (2009). Aristotle's outstanding behavior. *philosophy study. 11,* 25-49.

Yoon, K. Y. (2016). Critical Analysis On The 4th Industrial Revolution: There Is No Such A Thing Like The 4th Industrial Revolution. *Future research. 1(2),* 29-54.